Chase

Alexa Klan

Chase
Jagd der Hoffnung

2. Auflage: Oktober 2022

© 2020 Alexa Klan
1. Auflage: Juni 2020

Herstellung und Verlag:
BoD – Books on Demand, Norderstedt

ISBN: 978-3-7557-8229-2

Prolog

Die Schritte näherten sich dem Ende der Straße, an dem hinter einem morschen Zaun unter einer Fichte ein dunkles, furchteinflößendes Haus stand. Die meisten Fensterscheiben waren eingeschlagen oder so von Dreck und Staub bedeckt, dass man nicht in das Innere des Hauses hätte blicken können. Und selbst wenn dies möglich wäre, es erreichten nur wenige Lichtstrahlen die dunklen Räume durch die Dachrinnen, sodass dort eine finstere und beklemmende Atmosphäre herrschte. Die uralten Holzbalken des Hauses waren schon morsch und durchlöchert. Insgesamt machte das Holzhaus keinen stabilen Eindruck mehr. Aber es stand noch. Es war unglaublich, dass das Haus nach der ganzen Zeit noch nicht abgerissen wurde. Wie denn auch, wenn sich fast niemand, außer Landstreichern, in dessen Nähe traute? Und trotzdessen, je näher man kam, desto mehr lockte es einen in den Bann. Es verströmte einen unheimlichen Eindruck, aber zugleich etwas, das einen Menschen dazu aufforderte ein zweites Mal hinzusehen. Doch etwas stimmte nicht mit diesem Haus.

»Na, traust du dich nicht?«, spottete Jerry und blickte Nick auffordernd und mit einer Spur Triumph in den Augen an. Als Nick weiterhin zögerte, machte Jerry Anstalten zu gehen.

»Kommt Jungs! Dieses Weichei wird niemals zu uns gehören, wenn es Angst hat da reinzugehen«, er machte eine abfällige Handbewegung und nickte in Richtung Zaun, welcher einige Meter von ihnen entfernt, um das verlassene Grundstück stand, als würde er jemanden davon abhalten wollen, dieses zu betreten. Es war nun mal auch verboten. Eigentlich.

»Wartet!«, Nick hatte plötzlich seine Stimme wiedergefunden, »Ich mache es, a-aber was ist, wenn wir erwischt werden?«

»Dein Pech!«, erwiderte Jordan und lachte abfällig.

»Außer uns traut sich doch eh niemand hier hin«, gab Aron selbstsicher von sich.

»Kommt, wir machen es ihm etwas leichter, bevor er sich gleich in die Hose macht«, übernahm Jerry das Wort, »Wir werden wache halten, du gehst da rein. Wenn du von dem Flur aus links abbiegst, solltest du in einen großen Raum kommen. Deine Aufgabe ist es, dort deinen Namen an die Wand zu sprühen«, er deutete auf eine neongrüne Spraydose, welche auf dem Boden stand, »Und keine Sorge. Wir werden das überprüfen.«

Ein Grinsen lag Jerry auf den Lippen.

Was Nick nicht wusste, war, dass dies zuvor noch niemand aus der Clique machen musste. Die anderen sahen still zu Jerry, Jason warf Nick einen mitleidigen Blick zu, aber niemand traute sich Jerry zu widersprechen. Jerry war der Anführer ihrer Clique. Ihm folgte Jordan, welche der größte und stärkste, wenn auch nicht der schlauste von den vieren war und Jerrys Befehle, ohne zu zögern, ausführte. Aron und Jason waren eher die Mitläufer, wobei Jason am nettesten zu Nick war und eigentlich nicht immer hinter Jerry zu stehen schien, auch wenn er ihm das natürlich nicht zeigte. Wenn Nick diese Mutprobe schaffen würde, dann wäre er das fünfte Mitglied der gefürchtetsten Clique der Schule. Er würde mit mehr Respekt behandelt werden und wäre nicht mehr der langweilige Außenseiter wie seine anderen Freunde, die ihre Pausen seit den letzten zwei Jahren nur noch damit verbrachten über Schulkram zu reden. Dann wäre er cool.

Er zwang seine Stimme, bei der Antwort fest und entschlossen zu klingen, was ihm jedoch nur halb gelang: »Okay. Ich mache es.«

Daraufhin trat Jerry die Tür des dunklen Hauses, vor dem sie standen, auf. Diese öffnete sich mit einem grässlichen Quietschen und vor Nick entfaltete sich ein düsterer Flur, welcher nur von schwachem Dämmerlicht erfüllt wurde. Die angrenzenden Räume sahen dunkel aus und man hatte keine Chance zu erahnen, was hinter den Schatten lauerte.

Jason drückte ihm mit einem aufmunternden Lächeln die Spraydose und eine Taschenlampe in die Hand: »Das wirst du brauchen. Die wird dir zwar nicht viel bringen, da die Batterien fast leer sind, aber-«

»Wir wollen ja nicht, dass der Kleine gleich anfängt zu heulen«, unterbrach Jordan ihn.

»Ich habe keine Angst«, sagte Nick, aber jeder wusste, dass dies eine Lüge war. Natürlich hatte er Angst.

Doch Jerry sagte nur: »Los.«

Er schubste Nick, welcher schwankend die Taschenlampe umklammerte und einschaltete, in den finsteren Flur hinein. Der schwache, flackernde Lichtkegel erhellte die paar Meter vor ihm, sodass er immerhin sehen konnte, wohin er seine Füße setzen musste, um auf keine rostigen Nägel oder andere scharfkantige Objekte zu treten. Er wagte einen Schritt vor und hörte hinter sich einen dumpfen, lauten Schlag, welcher das ganze Gebäude zum Erzittern brachte, als die Tür hinter ihm zuschlug.

Können sie die nicht auflassen?, dachte er mit einem mulmigen Gefühl. Es war ohnehin schon dunkel genug und der eingeschränkte Fluchtweg begünstigte seine wachsende Angst. Nun war er auf sich allein gestellt.

Nick atmete einmal tief durch, wobei ihm der modrige Gestank des Hauses auffiel. Nur mit Spraydose und Taschenlampe in der Hand zwang sich Nick, ruhig zu bleiben, und suchte mit der Taschenlampe in seinen zittrigen Händen den Raum, den Jerry ihm beschrieben hatte.

Überall sah man die Folgen des Vandalismus. Ein paar Meter vor ihm lag ein zerbrochenes Glas, daneben ein umgeworfener Stuhl und ein paar Fetzen Stoff, welche vielleicht Mal einen Teppich ergeben hatten. Als er schließlich den rostigen Türrahmen fand, ging er vorsichtig darauf zu. Die Tür schien aus den Angeln gerissen worden zu sein und er spürte, wie sein Herz schneller schlug, als er den Raum betrat.

In einer Ecke stand ein uralter, einsamer Sessel neben den Fenstern. Am anderen Ende thronte ein einsamer Kamin, welcher wahrscheinlich seit Jahrzehnten nicht mehr im Gebrauch war. Weiter weg eine Kommode mit einer dicken Staubschicht und waren das etwa Fußabdrücke auf dem dreckigen Boden? Er wandte sich ab.

Langsam ging er zu der einzigen freigeräumten Wand, an der schon etwas geschrieben stand. Er suchte die Wand ab, fand aber nirgends die Namen der Clique verewigt. War er der Erste, der das hier tat oder hatten die anderen woanders ihre Namen angesprüht?

Als er genauer hinsah, konnte er das entziffern, was dort

schon geschrieben stand: »Lauf weg! Er kommt!«

Weiter unten stand noch etwas. In blutrot. Richtiges Blut? Irgendetwas stimmte hier nicht. »Es ist zu spät!«

Für was war es zu spät? Nick bekam eine Gänsehaut. Was war hier los? Wieso stand da so etwas an der Wand? Er atmete tief durch und zwang sich, einen klaren Kopf zu bewahren. Das hatten bestimmt nur ein paar Teenager hingeschrieben, um anderen Angst zu machen. Wenn nicht sogar die Clique. Er nahm die grüne Spraydose in die Hand, schüttelte sie kurz und begann dann im schwachen Lichtkegel der Taschenlampe an die Wand zu sprühen:

»Nick war hier ☺«

Er fügte ein Emoji hinzu. Vielleicht um die komischen Warnungen zu vertuschen, vielleicht aber auch, um sich selbst zu beruhigen. Letzteres kam ihm wahrscheinlicher vor.

So schlimm war das doch gar nicht. Langsam entfernte er sich von der Wand. Er hatte seine Mission erledigt. Nun würde er ein wahres Mitglied sein! Wenn auch, seine Aufgabe irgendwie anders als die von den anderen gewesen sein musste. Aber er hatte es geschafft. Nick war kein Angsthase und wenn sie ihm nicht glaubten, konnten sie ja selbst hereingehen und nachschauen.

Er klopfte sich die Hände an der Hose ab und richtete die Taschenlampe wieder in Richtung Türrahmen, da sah er einen Fetzen Papier auf dem Boden. Vorsichtig bückte er sich und faltete es auseinander. Das Papier schien schon sehr alt zu sein, denn es war gelblich und die Schrift kaum lesbar, aber er schaffte es, sie zu entziffern: »Der Glückliche muss in den Keller. Dort wird der nächste Hinweis auf ihn warten«, stand dort geschrieben. In den Keller?

War das eine Art Schatzsuche? Er hatte nicht einmal gewusst, dass es hier einen Keller gab. Sollte er es wagen? Was wäre, wenn es dort wirklich einen Schatz gab! Mit zögerlichen Schritten entfernte er sich von dem Raum. Neugier hatte seine Angst nun ersetzt.

Als er am Ende des Flurs angekommen war, leuchtete er einige Minuten herum, doch er fand nichts. Enttäuscht wollte er gerade wieder weggehen, als er etwas entdeckte...

*

Plötzlich hörte Jason ein dumpfes Geräusch, wie als wäre jemand von innen gegen die Tür gesprungen, vor welcher sie nun schon einige Zeit warteten. Da der äußerst massige Jordan jedoch dagegen lehnte, öffnete sich diese keinen Spalt breit.

»Leute? Leute, macht auf! Sofort! Hier ist jemand, ich werde verfolgt!«, hörten sie plötzlich Nicks dumpfe Schreie.

»Mach auf«, befahl ihm Jason, doch als Jordan Jerry ansah, um seine Bestätigung zu erhalten, schüttelte dieser den Kopf.

»Was soll das man? Was ist, wenn er es ernst meint?«, warf Jason ein.

»Der heult doch nur rum, war doch klar, dass das ein Weichei ist«, gab Jerry zurück. Doch just in diesem Moment hörten sie Glas splittern. Jason sprang auf, denn er hatte zuvor gegen das Gebäude gelehnt auf dem Boden gesessen. Auch die anderen taumelten einige Schritte vor und versuchten, das Geräusch zu lokalisieren. Da bemerkte Jason, dass es von dem ersten Fenster links neben der Tür kommen musste. So ziemlich das Einzige, welches noch nicht eingeschlagen war. Er rannte los. Irgendetwas war passiert. Vielleicht war irgendein Landstreicher im Haus gewesen, der Nick aus dem Haus jagte. Hinter sich hörte er die Schritte der anderen.

*

Nick hatte nur einen Gedanken im Kopf gehabt: Das Fenster! Neben dem Sessel war ein Fenster gewesen! Man hatte es gut von draußen gesehen. Es war der Tür am nächsten und wahrscheinlich das Einzige, das noch nicht eingeschlagen war. Er wollte losrennen, doch stolperte und fiel auf seine Knie, als er gegen einen Gegenstand prallte. Er brauchte kurz Zeit sich zu orientieren, als er laute Schritte hörte. Die Person kam näher. Er ignorierte die Schmerzen und zwang sich auf die Füße. Um nicht wieder in die Gefahr zu geraten, dass er stolperte und hinfiel, wollte er die Taschenlampe vor sich richten, als ihm auffiel, dass kein Licht mehr von ihr ausging. Die Batterien waren leer. Auch das noch! Er hörte die Schritte immer näherkommen. Er musste hier raus! Gerade wollte er weiter humpeln, als ihn jemand gegen die Wand schleuderte. Hart schlug er mit den Rippen gegen den Türrahmen am Eingang des Zimmers auf. Sein Schrei verwandelte sich in ein Keuchen, als der Schmerz zu ihm drang. Wahrscheinlich waren seine Rippen gebrochen. Der Schmerz raubte ihm fast den Verstand, als er realisierte, dass er immer noch mit diesem Jemand auf engstem Raum gefangen war. Er kroch zurück auf die Beine. Er war ein Stück weiter weggeflogen, sodass er nun im Raum war. Er zwang sich zurück auf die Beine,

11

bis er etwas Durchsichtiges vor sich sah, denn dahinter waren grüne Bäume. Er nahm seine ganze Kraft zusammen und sprang.

Plötzlich sah er Jasons Gesicht. Hinter ihm waren die anderen: »Nimm meine Hand!«

Nick wollte es wirklich. Er wollte da raus. Seine Finger berührten Jasons Hand und dieser zog ihn zu sich. Er schabte sich den Bauch an den restlichen Scherben auf, aber das war ihm egal. Er hatte es geschafft!

Doch dann wurde Jasons Griff plötzlich lockerer. Und dieser Moment reichte. Es war zu spät. Nick spürte etwas um seinen Fuß und dann wurde er brutal zurückgezogen. Er schrie. Jason blickte entsetzt auf die Person hinter ihm. Diese zog ihn zurück und hielt ihm eine erstickende Hand vor den Mund. Er bekam keine Luft mehr und seine Sinne waren wie benebelt. Er wusste nicht, ob die anderen noch einen Versuch unternahmen, ihn zu retten, denn er fiel langsam in Ohnmacht. Das letzte, was er hörte, war Jerrys Stimme: »Lasst uns verschwinden!«

Sie hatten ihn im Stich gelassen.

1

Die vielen Bäume und Sträucher der idyllischen Landschaft zogen am Fenster vorbei, während Lucy nach draußen schaute. Sie fuhren über altbekannte Straßen und an einer Wiese vorbei, an der sie vor einigen Jahren zusammen gepicknickt hatten. Sie, ihre kleine Schwester Amy, eigentlich hieß sie Amelie, aber Lucy nannte sie lieber Amy, und ihre Eltern, Marc und Chloe Amberson. Damals war es noch so schön gewesen. Aber ihre Eltern hatten sich getrennt, kurz bevor sie in die siebte Klasse kam. Schließlich wollte ihre Mutter mit ihr und Amy ganz wegziehen. Sie waren nach England ausgewandert, das hatte ihre Mutter als gute Chance gesehen, sie hatte schon immer in England wohnen wollen. Und dann hatte sie dort einen anderen Mann kennengelernt und wollte gar nicht mehr weg. Lucy hatte es ihren Eltern übel genommen, denn sie hatte ihre besten Freunde nicht verlassen wollen und schon gar nicht, um in ein anderes Land zu ziehen.

In Oxford war es zwar nicht schlecht, vor allem, wenn man sich die guten Zukunftschancen ansah, aber sie hatte Irland vermisst. Die stürmischen Nächte, welche am nächsten Tag vom plötzlichen Sonnenschein abgelöst wurden. Ihr altes Haus. Sie hatte sich jeden Tag mit ihren Freunden treffen können und dann war da noch ihre alte Schule. Ihre Mutter hatte früher als Köchin in einem Restaurant gearbeitet, aber als sie weggezogen waren, hatte sie einen besser bezahlten Job gefunden als Leiterin einer Kochshow.

So sehr Lucy ihre Mutter auch liebte, als diese ihnen ihren neuen Freund vorgestellt hatte, war es aus bei Lucy. Niemand konnte einfach so ihren Vater ersetzen. Auch wenn sie sich später damit abgefunden hatte und es ihrer Mutter gönnte, hatte sie Sehnsucht gehabt und ihre Mutter hatte sie verstanden als sie verkündete, dass sie wieder zurück zu ihrem Vater ziehen wollte. Amy wollte nicht ohne Lucy leben und so waren sie beide ausgezogen. Ihre Mutter hatte sich mit Tränen in den Augen verabschiedet und sie hatte ihr versprechen müssen regelmäßig anzurufen und die Ferien mit ihr zu verbringen. Ihr Vater Marc hatte sie dann am Flughafen abgeholt, denn Lucy war schon 14 und durfte mit ihrer kleinen, siebenjährigen Schwester und einem Reisebegleiter fliegen.

Ihr Zimmer hatte sich innerhalb der zwei Jahre kaum verändert. Wie denn auch, es war niemand reingegangen und sie hatte die letzten Tage der Sommerferien, die geblieben waren, damit verbracht sich wieder an ihre altbekannte Umgebung zu gewöhnen. Nun war jedoch der erste September und damit der erste Schultag. Lucy freute sich wahnsinnig darauf, ihre alten Freunde wiederzusehen. Vor allem Olivia und Nick hatte sie vermisst, auch wenn sie zu ihnen noch ein paar Mal Kontakt per Handy hatte. Hoffentlich gingen sie wieder in dieselbe Klasse.

Nachdem sie Amelie in die Grundschule von Doolin gebracht hatten, lenkte ihr Vater das Auto auf den überfüllten Parkplatz ihrer alten Schule, bis er endlich einen Parkplatz ganz hinten fand. Er schaltete den Motor ab und blickte zu Lucy: »Und? Erkennst du sie noch wieder?«

Damit hatte er sie aus ihren Tagträumen geweckt und sie

brauchte eine Weile, bis sie die Frage verstanden hatte.

»Äh natürlich, sieht immer noch so aus wie vorher«, meinte sie dann und grinste.

Ihr Vater lächelte zurück: »Nun ja, diese zwei Jahre kamen mir wie eine Ewigkeit vor, aber für dich fühlt es sich wahrscheinlich so an, als wärst du niemals fort gewesen. Du wirst dich schon zurechtfinden.«

»Ja«, meinte sie nur halbwegs einverstanden und stieg aus dem Auto.

Ihr Vater seufzte: »Nun gut. Ich muss jetzt zur Arbeit, bin schon spät dran. Du musst jetzt selbst gucken, wie ihr später nach Hause kommt, denn ich kann euch ja nicht immer fahren.«

Lucy nickte: »Tschüss Dad, danke fürs Fahren.«

»Bis nachher, Lucy. Viel Spaß in der Schule!«

Sie schlug die Tür zu und während ihr Vater zur Arbeit fuhr, blickte sie auf ihr Handy. Es war noch genug Zeit da, um vor Schulbeginn in das Sekretariat zu gehen. Sie strich sich ihre dunkelblonden Haare, die ihr in Wellen über die Schulter fielen, aus dem Gesicht und rieb sich ihre hellblauen Augen, unter denen sich wahrscheinlich gerade Augenringe befanden, denn sie hatte vor Aufregung nicht schlafen können, aber das war ihr gerade egal.

Als sie losging, vernahm sie eine nur altbekannte Stimme: »Hey, du da! Du Blow-in!«

Sie drehte sich um und blickte in das Gesicht ihrer besten Freundin Olivia.

»Liv! Wie lange stehst du hier schon?«, fragte Lucy überrascht, als Olivia sie umarmte.

»Ich freue mich auch, dich wiederzusehen«, meinte

diese nur und beide mussten sofort lachen. Bevor Lucy weggezogen war, hatten sie sehr viel Spaß miteinander gehabt und waren per Internet weiter in Kontakt geblieben, sodass Olivia natürlich wusste, dass Lucy zurückgekommen war.

»Und? Wie ist es wieder hier zu sein? Hast du uns vermisst?«, fragte Olivia dann neugierig und trat einen Schritt zurück. Sie hatte lockige, dunkelbraune Haare und stechend grüne Augen. Im Sommer hatte sie oft leichte Sommersprossen und eigentlich hatte sie sich kaum verändert, sie hatten ja auch oft per Videoanruf miteinander geredet, vielleicht kam es ihr deswegen nur so vor.

»Natürlich habe ich euch vermisst! Es ist großartig, auch wenn ich mir wünsche, dass meine Mutter wieder hier wäre, aber sie ist jetzt glücklicher und deswegen ist es in Ordnung für mich. Ich werde sie in den Ferien wiedersehen«, antwortete Lucy.

»Du wirst ganz schnell wieder den alten Rhythmus wiederfinden, das verspreche ich dir! Übrigens, in welche Klasse wirst du jetzt gehen? Hoffentlich nicht in eine der Parallelklassen, du musst sehen, wie diese Mädchen da herumlaufen!«

»Liv! Pst! Du darfst dich nicht so laut über andere Leute aufregen. Was ist, wenn sie dich hören?«, tadelte Lucy sie und blickte sich um, doch niemand schien wirklich Notiz von ihnen zu nehmen.

»Ist ja gut. Ich meine halt nur...«

Lucy hörte ihr nicht mehr zu, etwas anderes hatte ihre Aufmerksamkeit erregt. Und sie wusste noch zu gut, wer das war. Sie konnte sich kaum an ihre Namen erinnern, aber sie erinnerte sich, dass sie sich immer so aufgespielt hatten, als wären sie irgendwelche Mafiabosse, gerade ärgerten sie die Fünftklässler.

»Erde an Lucy! Hallo! Hörst du mir überhaupt noch zu?«, fragte Olivia und wedelte mit der Hand vor ihrem Gesicht herum.

»Tut mir leid«, meinte diese, »aber guck doch«, sie deutete mit dem Finger auf die Peiniger, »Die sind wohl immer noch auf Ärger aus, oder? Wie hießen sie noch gleich?«

Olivia wurde nervös.

»Ähm, also das sind doch Jerry und seine Gruppe. Jordan, welcher mit Jerry in der 11. ist. Eigentlich wären sie in der 12., aber sie sind sitzen geblieben und ähm, die dahinter sind Aron und Jason, die sind in der 10.«, meinte sie, »Aber hör zu! Geh ihnen lieber aus dem Weg. Seitdem du weg warst, hat sich hier so einiges verändert. Sie sind immer fieser geworden, sodass alle jetzt Respekt vor denen haben.«

»Pff. Die tun doch nur so«, Lucy hätte gerne eingegriffen, aber Olivia schien wirklich Angst vor ihnen zu haben und sie wollte sie nicht da reinziehen, wenn sie Probleme mit ihnen haben sollte. Aber würden sie ihre Freude auch nur falsch ansehen, dann würde sie wirklich wütend werden, denn sie hasste solche Leute.

»Oh Mist. Gleich ist Unterrichtsbeginn!«, unterbrach Olivia ihre Gedankengänge.

Lucy wandte sich ab: »Kommst du noch schnell mit mir ins Sekretariat? Ich muss da noch was erledigen, wegen des Schulwechsels.«

»Klar«, erwiderte Olivia, »aber dann müssen wir uns beeilen.«

Sie machten sich schnell auf den Weg und Lucy freute sich darauf ihre anderen Freunde wiederzusehen und mit ihnen in der Pause zu reden. Die Schulklingel ertönte schon, als sie gerade aus dem Sekretariat gingen und sich auf dem Weg zum Klassenzimmer machten.

2

Wenn man wieder neu in der Klasse war, machte es keinen guten Eindruck, wenn man gleich am ersten Tag zu spät kam. Auch, wenn es nur eine Minute war. Mr. Penhallow, ihr Klassenlehrer, war darüber nicht begeistert, trotz, dass er sich freute, Lucy wiederzusehen. Die meisten aus der Klasse schienen darüber verwundet, denn sie war unangekündigt wiedergekommen. Nur Olivia hatte sie Bescheid gegeben, dass sie wiederkommen würde, im Versuch die anderen ihrer Freundesgruppe zu überraschen, aber anscheinend hatte Olivia es nicht verschweigen können, denn sie grinsten sie schon wissend an, als sie in die Klasse kam. Mr. Penhallow hatte gerade mit dem Unterricht beginnen wollen, als sie hereinkamen, brach dann jedoch abrupt ab, was dazu führte, dass sich die ganze Klasse zu Tür drehte und das war nicht gerade das angenehmste Gefühl auf Erden.

»Tut uns leid, dass wir zu spät sind, aber wir mussten noch ins Sekretariat und die haben uns so lange warten lassen«, übernahm ihre Freundin schon das Wort, ehe Lucy den Mund aufmachen konnte. Sie lächelte den Lehrer entschuldigend an und er machte eine Handgeste, die ausdrücken sollte, dass es ihm egal war, wieso sie zu spät waren, er wollte einfach nur möglichst schnell mit dem Unterricht fortfahren.

»Wie ihr wisst, habt ihr dieses Jahr wieder eine neue Schülerin bekommen, Naja, sie war früher in eurer Klasse.

Jedenfalls ist Lucy Amberson, den Umständen entsprechend, nun wieder zurück nach Doolin gekommen und alles Weitere könnt ihr sie in der Pause fragen. Wir machen jetzt weiter mit dem Organisatorischen zu diesem neuen Schuljahr«, sagte er barsch und Lucy sah sich nach einem Platz um.

Da winkte ihr Kathrin zu. Diese hatte zu Lucys engsten Freunden gezählt und neben ihr war glücklicherweise noch ein Platz frei. Lucy setzte sich hin und Kathrin lächelte sie nett an.

»Schön, dass du wieder da bist. Wie war es in England?«

Lucy wollte ihr grade die Frage beantworten, aber Mr. Penhallow räusperte sich und sah die beiden tadelnd an.

»Ich denke, das müssen wir auf die Pause verschieben«, flüsterte Lucy und Kathrin nickte.

Die ersten beiden Schulstunden waren schnell vergangen, denn sie hatten alles Organisatorische besprochen. Wer auch, machte am ersten Tag, gleich in der ersten Stunde, Unterricht?

Lucy packte ihre Sachen zusammen und sah sich nach ihren Freunden um, welche schon an der Tür auf sie warteten. Olivia, Kathrin, Liam und Nathan. Wo war eigentlich Nick? Das war eine der Fragen, die sich Lucy stellte, als sie zu ihren Freunden ging. Sie hatte ihn auch nicht im Unterricht gesehen. Vielleicht war er auch einfach krank oder war nicht mehr auf dieser Schule. Aber davon hätte ihr Olivia bestimmt berichtet. Sie beschloss, die Frage später zu stellen, und folgte ihren Freunden in die Cafeteria, wo sie sich gerade an einem Tisch niederlassen wollten, als ein paar ältere Jungen von der Seite kamen und sie anrempelten.

Lucy verschlug es die Sprache. Das hatten sie mit Absicht getan! Sie blickte auf und erkannte, dass es Jerry, Jordan, Aron und Jason waren. Von der Nähe erkannte sie ihre Gesichter und konnte sich wieder gut an die Störenfriede erinnern. Zumindest an Jerry und Jordan, Aron und Jason waren ihr vorher schon aufgefallen, aber schienen neu in ihrer Clique zu sein. Sie waren älter geworden, aber Lucy schließlich auch und als sie sich umdrehte, um nach ihren Freunden zu sehen wurde sie wütend. Jerry schubste Kathrin gerade mit voller Absicht, sodass diese ihr Gleichgewicht verlor und auf den Boden fiel. Olivia kam ihr sofort zu Hilfe und Liam und Nathan stierten Jerry böse an, aber ohne etwas zu unternehmen. Hatten die etwa auch Angst? Von Liam hätte sie dies erwarten können, er war auch früher schon etwas empfindlicher gewesen, was so etwas anging, aber Nathan?

Plötzlich, ohne nachzudenken, ging Lucy auf Jerry zu und schubste ihn ebenfalls, so dolle es mit ihren untrainierten Armen möglich war, gegen die Wand.

»Seid ihr völlig bescheuert?«, fuhr sie ihn an. Sie konnte es abhaben, wenn man schlecht mit ihr umging, aber sie wurde unglaublich wütend, wenn man ihre Freunde schikanierte. Sie erhielt einen anerkennenden Pfiff von einigen Schülern, welche die Szene beobachtet hatten, aber als sie kurz zu ihren Freunden blickte und in deren kreidebleiche Gesichter sah, zweifelte sie daran, dass dies eine gute Entscheidung gewesen war.

Jerrys Grinsen war augenblicklich weg und seine Augen wurden dunkel vor Wut, als er sie ansah.

»Du wagst es, mich zu schubsen?«, fragte er sie dro-

21

hend und machte einen Schritt auf sie zu.

»Du wagst es, meine Freunde zu schubsen?«, konterte sie mutig zurück, obwohl ihr mulmig wurde, die Wut ließ langsam nach und wurde sofort durch Unsicherheit ersetzt. Nun hatte sie sich gleich am ersten Tag wieder Feinde gemacht. Er kam noch einen Schritt auf sie zu, sie machte einen Schritt zurück und nun war sie diejenige, welche plötzlich die kalte Wand an ihrem Rücken spürte. Jason legte Jerry eine Hand auf den Rücken, um ihn zu beruhigen, aber dieser schüttelte sie ab und fixierte Lucy mit seinem Killer Blick. Oh je, das gibt Ärger, spottete ihre innere Stimme, aber Lucy versuchte sich nichts anmerken zu lassen und starrte ebenfalls wütend zurück.

»Wenn du es dich noch einmal wagst, dich mit uns anzulegen, dann wirst du dir wünschen, du hättest uns nie kennengelernt«, seine Stimme klang ruhig, aber drohend, er unterdrückte seine Wut.

Er verschonte sie. Noch ...

Da kam Lucys Rettung herbei. Eine Lehrerin, Lucy erkannte, dass es Mrs. Johnson, ihre alte Klassenlehrerin war, zog Jerry von ihr weg und beschimpfte ihn.

»Was macht ihr denn hier? Lasst sie in Ruhe. Solltet ihr nicht ins Büro des Schulleiters kommen? Stattdessen belästigt ihr hier die anderen Schüler.«

Jerry und die anderen traten zurück und machten sich auf den Weg, aber nicht ohne sich noch einmal umzudrehen.

»Damit kommst du davon. Diesmal«, er legte die Betonung auf das letzte Wort und Lucy schluckte. Sie bedankte sich bei Mrs. Johnson und ging mit ihren Freunden einige Schritte weiter in die Cafeteria rein.

Entsetzt starrte Kathrin sie an, während die anderen schwiegen.

Bis Olivia das Wort ergriff: »Lucy, bist du eigentlich völlig verrückt? Ich habe dir doch gesagt, du sollst dich fernhalten von denen. Die bedeuten nur Ärger! Jetzt hast du die gleich am ersten Tag als Feind.«

»Besser gesagt, wir«, korrigierte Liam murrend. Lucy starrte sie ungläubig an: »Was hätte ich denn an eurer Stelle tun sollen? Wie dreist sie uns einfach angerempelt haben! Vor allem, dass Kathrin seinetwegen auf den Boden gefallen ist! Ihr könnt mir nicht sagen, dass euer Verhältnis davor friedlich war!«

Wenn es um Kathrin ging, dann waren sie damals schon immer besorgt um sie gewesen. Kathrin war die Jüngste und Schüchternste von ihnen. Ihre grauen Augen blickten einen unschuldig hinter ihrer Brille an, was von ihren glatten, schwarzen Haaren umrahmt wurde. Kathrin sah sie nun besorgt an.

»Trotzdem hättest du das nicht für mich tun sollen! Jetzt haben sie dich im Visier!«

»Ach, es gibt Schlimmeres«, stritt Lucy ab.

»Was denn?«, konterte Olivia, aber Nathan kam dazwischen.

»Ist doch jetzt egal Leute. Jerry und seine Gruppe sind Vollidioten! Wir haben Lucy noch gar nicht richtig begrüßt.«

Langsam beruhigten sie sich und setzten sich an einen der Tische.

Sofort fingen die Fragen an. Wie war es in England? Wieso genau war sie zurückgekommen? Hatte sie, sie vermisst?

Lucy beantwortete alle Fragen und fand dann, dass es an der Zeit war ihre Fragen zu stellen.

»Wie war es eigentlich ohne mich?«, fragte sie.

»Also was habt ihr so erlebt?«, fügte sie dann hinzu, denn sie wollte nicht selbstverliebt rüberkommen. Als ob es hier nur um dich geht, hatte ihre innere Stimme zu ihr gesagt.

»Also vom Unterricht her nichts Spannendes. Die Klassenfahrt war lustig-«, fing Kathrin an.

»Du hättest sehen müssen, wie Liam bei einem Ausflug in den Fluss gefallen ist!«, platzte Nathan dazwischen und lachte Liam aus, welcher nicht so aussah, als wäre ihm nach Lachen zu Mute.

»Ja genau. Dann war ich pitschnass und bin am nächsten Tag krank geworden. Vielen Dank auch«, murrte er.

»Dafür musstest du immerhin nicht mit uns zu diesem langweiligen Museum«, meinte Olivia aufmunternd und Kathrin fuhr fort.

»Sonst war es eigentlich ziemlich ruhig. Ist nicht viel passiert so, ohne dich«, meinte sie, aber Lucy sah, dass sich die Augen der anderen bei diesen Worten verdunkelten.

»Wo ist eigentlich Nick? Er hat sich die letzten Wochen nicht mehr bei mir gemeldet und hier ist er auch nicht«, versuchte sie das Thema zu wechseln, denn mit Nick hatte sie ein enges Verhältnis gehabt. Neben Olivia war er ihr bester Freund gewesen. Aber nun herrschte noch mehr Stille. Ihre Freunde sahen sich zögernd an.

»Okay, was ist passiert, Leute?«, fragte sie misstrauisch.

Dann begann Nathan zu sprechen: »Naja. Olivia wollte es dir nicht sagen, ehe du gekommen bist, und ich würde dir jetzt auch nicht gerne den Tag vermiesen ...«

Bevor Lucy erneut nachhaken konnte, mischte sich Kathrin ein: »Das ist alles deren schuld! Wären die nicht gewesen, wäre Nick noch unser Freund!«, sagte sie wütend und starrte zu Jerrys Gruppe, die wieder da waren und nun am anderen Ende der Cafeteria mit den Rücken zu ihnen standen.

»Was ist deren Schuld? Was haben sie mit Nick zu tun und wieso haben sie euch eben so angemacht?«, fragte Lucy nun, welche die Welt nicht mehr verstand, aber bevor ihr jemand antworten konnte, klingelte es zum nächsten Unterricht.

»Wir treffen uns um 15 Uhr an der Eisdiele. Dann erklären wir es dir«, meinte Nathan und die anderen nickten.

Lucy seufzte ergeben und sie machten sich auf zum Klassenzimmer, aber unzählige Fragen schwirrten in ihrem Kopf und ließen sie nicht in Ruhe, sodass sie sich kaum konzentrieren konnte, den Lehrern zuzuhören. Was war mit Nick passiert?

3

Als die Schule vorbei war, ging sie mit Liam und Kathrin zu Fuß nach Hause, da sie in dieselbe Richtung mussten und sie auch niemand abholen konnte.

»Glaubt ihr, ich habe mich jetzt komplett unbeliebt gemacht?«, fragte Lucy ihre Freunde zögernd.

»Mach dir keinen Kopf draus. Wir packen das schon irgendwie«, meinte Liam und Lucy wunderte sich, das aus seinem Mund zu hören. Normalerweise war Liam eher der missmutige Streber, der sich aus so etwas raushielt und meist etwas Pessimistisches von sich gab. Anscheinend war er selbstbewusster geworden. Sonst hatte er sich kaum verändert. Seine dunklen, fast schwarzen Haare fielen ihm immer noch leicht ins Gesicht und er war immer noch sehr dürr, er schien wohl immer noch mehr Interesse an Videospielen, statt an Sport zu haben.

»Aber wir sollten jetzt echt vorsichtig sein«, meinte Kathrin dann, sie war eher schüchtern und ruhig. Lucy nickte stumm und als sie sich verabschiedeten, erinnerte sie die beiden noch kurz an das bevorstehende Treffen am Nachmittag. Dann würde Lucy endlich erfahren, was hier los war und wieso sich alle so komisch verhielten.

Als sie das Haus betrat, kam ihr der Geruch von Pizza entgegen. In der Küche sah sie ihren Vater vor einer ungeduldigen Amy am Tisch, am Ofen rumhantieren.

»Da bist du ja«, sagte er, als er sie hörte und Lucy lachte.

»Perfektes Timing halt, wie immer«, sagte sie belustigt und setzte sich ebenfalls an den Tisch, »Seit wann kochst du denn?«

»Oh ich bin heute extra früh von der Arbeit gekommen, dafür. Ich dachte, ihr werdet Hunger haben und wollte euch am ersten Schultag nicht gleich zumuten selbst zu kochen«, meinte er.

»Dann hättet ihr mich auch abholen können«, antwortete Lucy.

»Haha, kann man dir jetzt nicht mehr diesen kurzen Weg zumuten? Wie war es eigentlich in der Schule?«, fragte er dann.

»Gut. Ich treffe mich nachher mit Olivia, Kathrin, Nathan und Liam bei der Eisdiele.«

»Freut mich, dass du anscheinend wieder gut in dein altes Leben gefunden hast.«

Lucy nickte und dachte plötzlich daran, wie einsam ihr Vater es wohl ohne sie gehabt hatte. Er wollte keine andere Frau. Zumindest noch nicht. Im Gegensatz zu ihrer Mutter brauchte er etwas länger, um so etwas zu verarbeiten.

»Guck mal, was Papa mir gekauft hat!«, wurden ihre Gedanken von Amys aufgeregter Stimme unterbrochen, die aufgesprungen war und sie in den Flur zerrte. Dort entdeckte sie einen Käfig, in dem ein kleines, pelziges, orangefarbenes Wesen lungerte.

»Das ist Mr. Piet. Mein neuer Hamster«, stellte sie das ihn vor.

»Euer Hamster!«, verbesserte sie ihr Vater von der Küche aus.

»Aber ich werde mich um ihn kümmern!«, erwiderte Amy.

Nachdem sie den Hamster bestaunt hatte, lief sie schnell in ihr Zimmer nach oben und schmiss ihre Schultasche neben ihren Schreibtisch. Es war nun fast 14 Uhr, sie hatte also noch Zeit bis zu dem Treffen. Sie würde jetzt schnell Essen und dann etwas früher losgehen, damit sie einen längeren Weg nehmen konnte, um etwas Zeit für sich zu haben.

Es war schön, mit ihrer Schwester und ihrem Vater zu essen, zwar fehlte ihr, ihre Mutter, aber sie beschloss diese am Abend anzurufen. Vielleicht würde sie sogar mit ihrem Vater sprechen. Nicht, dass jenes ein Problem war, aber seit ihrer Trennung waren ihre Unterhaltungen meist nur knapp und auf das Wichtigste beschränkt.

Nach dem Essen nahm Lucy ihr Handy und etwas Geld, steckte es in ihre Hosentasche und ging aus dem Haus. Sie hatte beschlossen anstatt dem kurzen, normalen Weg zur Eisdiele einen kleinen Umweg zu gehen, denn natürlich kannte sie sich immer noch sehr gut aus, so als hätte es den Umzug gar nicht gegeben. Sie würde ihre lange Straße bis zum Ende abgehen, diese wurde dann nämlich von einem riesigen Feld, welches nur von der Straße in der Mitte getrennt wurde, abgelöst. Danach kam ein kurzes Wald-stück, indem der Friedhof ihres Ortes war, und schließlich kam man durch ein paar Gassen zur Hauptstraße, wo die Eisdiele war. Lucy hatte diesen Geheimweg für sich ent-deckt, als sie und ihre Freunde früher sehr oft zur Eisdiele gegangen waren. Sie hatten dort sogar einen Stammplatz gehabt. Ob er immer noch frei war? Nun, das würde sie bald erfahren.

Fröhlich vor sich hindenkend, registrierte sie, dass sie bereits fast am Ende der Straße angekommen war, als sie plötzlich von etwas auf der anderen Straßenseite abgelenkt wurde. Das alte Haus mit der Nummer 33 stand immer noch da, worüber Lucy sehr überrascht war. Ein Wunder, dass es noch nicht zusammengestürzt war! Andererseits konnte sie aber auch verstehen, warum niemand gerne in die Nähe des Hauses ging. Durch die dunklen Scheiben erkannte man kaum was und in einem Fenster nicht sehr weit von der Tür klaffte ein riesiges Loch. Dort mussten Leute gewesen sein. Wer ging da denn freiwillig hin?

Lucy schüttelte den Kopf und blickte zu dem Fluss, der eigentlich immer hinter dem Haus floss. Nun war er komplett ausgetrocknet. Kein Wunder. In den letzten Tagen war das Wetter sehr heiß gewesen, was untypisch für Irland war, aber Lucy fand es nicht schlimm. Es war Anfang Herbst und die ersten Blätter fielen bereits herunter. Sie blickte noch einmal zu dem verlassenen Haus, neben welchem einige Baumstämme und Hölzer gelagert waren. Hatte sie dort gerade jemanden gesehen? Sie guckte noch einmal genauer hin, mittlerweile war sie genau gegenüber. Nein, das hatte sie sich nur eingebildet. Sie drehte sich wieder um und lief zielstrebig weiter. Nun war sie bei dem Feld angekommen.

Sie hörte bereits einige Grillen zirpen, aber irgendwie beruhigte es sie nicht, wie sonst. Es löste ein ungutes Gefühl in ihr aus. Die Stimmung war nun irgendwie gekippt. Etwas stimmte nicht. Sie lief zügiger weiter. Vielleicht hätte sie doch lieber den normalen Weg gehen sollen.

Was redete sie sich hier eigentlich für einen Unsinn ein? Es war doch rein gar nichts passiert. Sie brauchte sich nicht so aufzuregen. Trotzdem hörte das mulmige Gefühl nicht auf und Lucy fühlte sich beobachtet. Schnell drehte sie sich um, um nach hinten zu blicken. Da war nichts. Sie drehte ihren Kopf wieder nach vorne und in diesem Moment sprang etwas vor sie auf den Weg. Sie kreischte laut auf, war dann aber von ihrer eigenen Dummheit enttäuscht. Vor ihr war nur ein Eichhörnchen über den Weg gerannt. Erleichtert atmete sie aus. Wieso war sie gerade nur so ein riesiger Angsthase gewesen? Sie setzte den Weg schweigend fort und blickte sich dann wieder kurz nach hinten um. Plötzlich bekam sie Gänsehaut. Irgendjemand war dort vor dem verlassenen Haus. Sie konnte aus dieser Entfernung nur eine grobe, dunkle und große Gestalt ausmachen. Vielleicht war es nur ein anderer Spaziergänger. Nein, dieser jemand starrte sie eindeutig an. Lucy wurde schummrig. Wo war sie hier bitte? Ihre Fantasie schien heute echt durchzudrehen. Dann, plötzlich schien sich dieser jemand zu bewegen. Tat er das in ihre Richtung?

Plötzlich zweifelte sie daran, dass es diesmal ihre Fantasie war und rannte. Sie rannte einfach los in den Wald hinein. Sie hatte Angst bekommen. Als sie eben dort gewesen war, war die Straße hinter ihr doch komplett leer gewesen. Wo war dieser Mensch hergekommen?

Nachdem sie gute 100 Meter hinter sich hatte, wagte sie, langsamer zu werden, und joggte nun durch den Wald. Das war bestimmt nur Einbildung gewesen. Das hoffte sie zumindest, und wenn nicht, dann machte sie jetzt immerhin etwas Sport.

Als sie ungefähr in der Mitte des Waldes war, wo der Eingang zum Friedhof ihres Ortes war, traf sie auf eine alte Frau, welche mit einem Gehstock durch den Wald spazierte, Lucy, die sowieso schon die ganze Zeit Panik hatte, erschrak sich kurz, als die Frau einen Namen rief und daraufhin ein großer Hund durch das Gebüsch neben Lucy sprang und zu der Frau lief. Meine Güte, dachte sie. Was ist heute nur los? Bin ich hier in einem Horrorfilm, oder was? Wo sind die versteckten Kameras?

Nachdem sie einige Entfernung hinter sich gebracht hatte, fing sie wieder an ihr Tempo zu steigern. Sie wollte jetzt nur noch zu ihren Freunden und unter Menschen kommen.

Als sie endlich vor der Eisdiele stand, fiel ihr ein Stein vom Herzen. Die ganze Zeit war sie wie ein verschrecktes Kaninchen durch die Gassen gehuscht. Dabei hatte sie sich wahrscheinlich sowieso nur alles eingebildet. Sie nahm sich vor, ihren Freunden nichts zu erzählen. Das würde zu peinlich werden. Nachher würden sie, sie noch für eine Spinnerin halten. Unruhig nahm sie ihr Handy raus und blickte auf die Uhr. Sie war fast zehn Minuten zu früh. Was sollte sie in dieser Zeit bitte machen?

Sie entschloss sich dazu, bereits nach ihrem Stammtisch zu gucken.

Doch sie sah schon von Weitem, dass dieser bereits von einer Gruppe Jugendlichen besetzt war. Enttäuscht blickte sie sich nach einem anderen Tisch um, an dem genug Platz für sie war und wo sie ungestört reden konnten. Draußen waren noch viele frei. Sie würden zwar aufpassen müssen, dass nicht unbedingt jeder ihre Gespräche mitbekam, an diesem Punkt war ihr alter Platz besser gewesen, denn er war in der hintersten Ecke des Lokals und am weitesten von dem Empfangstresen entfernt, sodass die meisten keine Lust hatten dort hinzugehen, aber es ging gerade nicht anders. Sie setzte sich und wartete auf ihre Freunde. Glücklicherweise wurde sie nicht sofort gefragt, was sie bestellen wollte. Sie blickte zum Eingang und sah Olivia und Nathan hereinkommen. Schnell winkte sie ihnen zu und sie kamen zu ihr an den Tisch.

»Hallo! Lange nicht gesehen!«, scherzte Nathan und Lucy musste lachen.

»Ja, schon zwei Jahre nicht«, meinte sie ironisch, »Sag mal, wieso ist unser Stammplatz eigentlich besetzt?«

»Oh, nachdem du weggezogen bist, haben wir uns immer weniger getroffen und naja ...«, gab Olivia zu und Lucy nickte, da sie sich den Rest schon selbst ausmalen konnte. Mit der Zeit kamen noch Liam und Kathrin dazu, sodass sie nun vollzählig waren.

Nachdem sie sich alle etwas bestellt und bekommen hatten, leitete Lucy das Gespräch in die Wege: »Also, ich denke, ihr habt mir etwas Wichtiges verschwiegen.« Die Stimmung in ihren Gesichtern verdüsterte sich augenblicklich und Lucy fragte sich, wieso. Wahrscheinlich war Nick nur auf einen Schüleraustausch gegangen oder hatte seine Nummer gewechselt, sodass Lucy ihn nun nicht mehr anschreiben konnte. Ihre Freunde übertrieben öfter. Es konnte also nichts Schlimmes sein, dachte sie sich und blickte zu Nathan, der anscheinend bereit dazu war, es ihr zu sagen.

»Lucy, ich weiß, ihr wart sehr gut befreundet und ... «, bevor er jedoch weiterreden konnte, wurde er von Olivia unterbrochen:

»Himmel, Lucy, er ist bestimmt tot!«

4

Im Kindergarten waren Olizia und Nick meine besten Freunde gewesen. Wir hatten einfach alles zusammen gemacht, wir waren unzertrennlich. Selbst in der Grundschule gingen wir in dieselbe Klasse und lernten Kathrin, Liam und Nathan kennen, ab da waren wir alle Freunde, wir hatten so viel zusammen erlebt und schließlich auf der weiterführenden Schule darauf bestanden, dass wir in dieselbe Klasse gingen. Wir hatten unglaublich viel Glück. Olivia war als meine treuste Freundin immer an meiner Seite und Nick war ebenfalls mein bester Freund, er hatte sich immer für mich eingesetzt und man konnte unglaublich viel Spaß mit ihm haben. Mit den anderen war ich natürlich auch befreundet, aber mit Olizia und Nick war die Bindung stärker gewesen. Als ich umgezogen bin, habe ich trotzdem fast jeden Tag mit ihnen telefoniert und dann, kurz bevor ich wieder hier hin zurückkam, hatte Nick mir immer weniger geschrieben oder nur knapp geantwortet, bis er sich plötzlich nie wieder gemeldet hatte. Ich dachte, vielleicht hat er seine Nummer gewechselt. Niemand konnte mir sagen, was passiert war. Und jetzt...

Kennt ihr diesen Moment, wenn euch etwas gesagt wird und ihr erst denkt, es ist ein Scherz, bevor ihr euch versichert habt, dass es keiner ist? Wenn ihr nicht glauben könnt, oder eher nicht glauben wollt, dass es wahr ist? Genau das hatte ich in diesem Moment. Ich blickte in die

Gesichter meiner Freunde, mit der Hoffnung, dass sie nun loslachen und sagen würden: Hey war nur ein Scherz!

Aber diese waren todernst. Nicht ein Funken Schalk, der mir gezeigt hätte, dass sie es nicht ernst meinen. Trotzdem brauchte mein Gehirn einige Augenblicke, um es zu verarbeiten. Moment einmal. Ich hatte mich also nicht verhört? Nick war vielleicht tot? Wie? Was? Das konnte doch nicht sein! Wieso wusste ich nichts davon? Was war passiert? Wieso hatte sich niemand bei mir gemeldet? Er war einfach so weg?

Als ich es realisierte, kamen mir tausende Fragen in den Kopf und alles mit einem Schlag. Mein Löffel, mit dem ich zuvor mein Eis gegessen hatte, flog mir aus der Hand. Die Welt um mich herum schien sich kurz zu drehen. Als ich ein paar Mal wieder geblinzelt hatte, fasste ich mich wieder und blickte den anderen verwirrt ins Gesicht.

» Wie? Was ist los? «

Weiter kam ich nicht, denn Kathrin sprach dazwischen.

» Olivia, was erzählst du eigentlich für einen Unsinn? Er ist nicht tot! «

Sie wurde etwas zu laut, einige Leute drehten sich bereits zu uns um und Olivia bedeutete ihr sofort mit einem: » Pst! «, leise zu sein.

Nun war ich komplett verwirrt. War nun ein Schüler aus unserer Klasse, der zufällig mein bester Freund war, bevor ich gegangen war, verstorben oder nicht?

» Was sie damit meinen «, begann Nathan mich aufzuklären, » ist, dass wir eigentlich nicht wissen, was mit Nick passiert ist. Er ist seit fast einem Monat als vermisst gemeldet. Seit dem 13.08. hat ihn niemand mehr gesehen!«

»Aber ihr wart doch noch mit ihm befreundet, oder nicht? Er muss euch doch etwas erzählt haben!«, ich sah sie schockiert an, natürlich war ich schockiert. Ich hatte gerade erfahren, dass einer meiner besten Freunde, den ich lange nicht mehr gesehen hatte, vermisst wurde.

»Nicht wirklich. Weißt du, in der Zeit, nachdem du gegangen bist, war noch alles gut, aber-«

»Aber irgendwann ist Nick zu Jerrys Gruppe gegangen und hat uns ignoriert«, beendete Liam den Satz.

»Was? Wieso?«, entfuhr es mir augenblicklich.

»Keine Ahnung. Wahrscheinlich waren wir ihm nicht mehr gut genug, er wollte lieber zu den Coolen und Gefürchteten gehören oder so. Auf jeden Fall hat er ab da immer einen auf cool getan und war nur noch bei den älteren Jungs«, meinte Nathan.

Ungläubig sah ich erst ihn, dann Olivia an.

»Wieso hast du mir nichts gesagt? Wann war das?«

Ich konnte nicht glauben, was ich da hörte. Nick musste sich unglaublich verändert haben, wenn das passiert war. Das erklärte auch, wieso er mir immer weniger geschrieben hatte. Wie konnte er seine Freunde verraten haben?

»Ungefähr einen Monat vor den Sommerferien«, antwortete Kathrin.

Also ungefähr da, wo er mir immer weniger schrieb, da er ja anscheinend neue Freunde gefunden hatte. Kurz wurde ich wütend, aber unterdrückte dieses Gefühl schnell. Immerhin ging es hier um unseren vermissten Freund.

»Glaubt ihr nicht, dass sein Verschwinden etwas mit Jerrys Clique zu tun hat?«, fragte ich nun skeptisch in die Runde.

»Kann sein«, meinte Nathan.

»Ich sage doch, die sind gefährlich!«, sagte Liam und blickte die anderen herausfordern an. Das war er wieder. Der alte Liam zeigte sich wieder.

»Aber wir können das doch nicht einfach so auf sich beruhen lassen! Hat die Polizei denn nicht irgendwelche Hinweise?«

»Soweit ich weiß nicht. Sie haben die ganze Stadt abgesucht. Wir wollten uns auch anschließen, aber es wurde uns verboten. Sie haben kaum Hinweise an die Öffentlichkeit preisgegeben«, meinte Nathan.

»Jerry und seine Gruppe wurden nicht befragt?«, hackte ich weiter nach, »Schließlich hat er mit ihnen zuletzt Zeit verbracht, oder nicht?«

»Soweit ich weiß nicht. Was sollen die auch wissen, Lucy? Mehr kann man nicht machen, sieh es ein«, meinte Liam.

»Nein! Habt ihr schon einmal darüber nachgedacht nachzuforschen? Nur weil er sich in letzter Zeit von uns abgewandt hat, heißt es nicht, dass er nicht mehr unser Freund ist. Wir könnten doch selbst suchen.«

»Lucy, wir haben es bereits versucht, aber uns wurde befohlen, dass wir uns da raushalten sollen. Wir haben unsere Freizeit damit verbracht die Vermisstenanzeigen aufzuhängen. Ich verstehe ja, dass du ihn vermisst, und vielleicht war das jetzt etwas viel für dich, aber-«, versuchte Nathan mich zu beruhigen.

»Nein, mich regt es einfach auf, dass sich anscheinend niemand mehr darum kümmert. So was muss man doch ernst nehmen. Er kann nicht einfach weg sein, es muss etwas passiert sein!«

Damit hatte ich die anderen zum Schweigen gebracht. Selbst Liam schien nun nachdenklich zu sein. Sie mussten doch realisieren, dass sie nicht einfach so aufgeben durften.

»Ich finde, Lucy hat recht. Nick war unser Freund. Wir können nicht zu sehen, wie die Polizei diesen Fall langsam aufgibt. Wenn sie nichts tun, dann müssen wir etwas tun«, setzte sich auch nun Olivia dafür ein.

»Aber was sollen wir denn ausrichten?«, fragte Liam und schien nicht sonderlich begeistert, »Wenn selbst die Polizei nichts gefunden hat, wie sollen wir dann etwas finden?«

»Wir suchen einfach da, wo die Polizei nicht gesucht hat. Kathrin, dein Onkel arbeitet doch immer noch bei der Polizei hier, oder? Vielleicht bekommst du etwas aus ihm heraus!«

»Gute Idee«, stimmte nun auch Nathan mit ein, »zum Beispiel könntest du ihn fragen, wo die Polizei bereits gesucht hat und wo nicht.«

»Ich weiß nicht«, murmelte Kathrin, »das wirkt doch irgendwie komisch.«

»Nein, gar nicht. Er war schließlich einer deiner Freunde«, meinte Olivia.

»Ist einer deiner Freunde. Wir wissen nicht, was mit ihm passiert ist«, verbesserte ich sie.

Kathrin nickte schließlich, als Zeichen, dass sie einverstanden war, und ich blickte zu den anderen.

»Wir werden andere Leute fragen. Nathan und ich werden gucken, ob wir einen Suchtrupp organisieren können, falls das möglich ist. Olivia und Liam klappern die Straßen ab und fragen die Hausbewohner, ob sie etwas Ungewöhnliches bemerkt haben«, erklärte ich den Plan entschlossen. Alle nickten einverstanden, sie wussten, dass man mich nicht umstimmen konnte, und waren ebenso entschlossen nicht untätig herumzusitzen, dann lachte Olivia plötzlich laut auf: »Kaum ist Lucy wieder da, sind wir wieder vereint, auch wenn uns Nick fehlt. Wir haben schon am ersten Tag einen Plan. Aber das ist gut so, wir haben schon lange genug untätig rumgesessen. Jetzt müssen wir handeln!«

»Mich würde nur interessieren, was Jerry damit zu tun hat«, meinte Kathrin.

»Okay, Leute, jetzt geht ihr zu weit, ich habe keine Lust, mich mit denen anzulegen«, sagte Liam nun genervt.

»Ich werde es sowieso noch irgendwie herausfinden«, sagte ich leise, die anderen hatten es natürlich gehört und ich war mir sicher, dass wir es irgendwie schaffen würden.

»Egal, was mit ihm passiert ist. Wir werden es herausfinden! Wir werden unser Leben nicht weiterführen, als hätte es ihn nie gegeben! Wir werden handeln! Lasst uns Schwören! Schwören, dass wir den Entführer von Nick finden werden. Dass wir alles in unserer Macht Stehende tun werden!«, rief ich entschlossen, stand auf und hielt meine Hand in die Mitte des Kreises. Die anderen schlossen sich langsam an. Zuerst Olivia, dann Nathan, daraufhin folgte Kathrin und schließlich Liam, etwas zögernd. Aber alle waren einverstanden und entschlossen, dass sie handeln würden. Sie alle hatten es geschworen. Wir würden schon noch herausfinden, was mit Nick passiert war, koste es, was es wolle!

5

Nachdem sie ihr Gelübde abgelegt hatten, verließen sie das kleine Eiscafé, welches ihnen sowohl früher als auch jetzt als Treffpunkt diente. Glücklicherweise waren dort nicht sehr viele Leute gewesen.

»Das nächste Mal sollten wir so etwas bei mir besprechen«, meinte Lucy zu Olivia, die zwischen ihr und Kathrin lief, nachdem sie am nächsten Tag die Schule beendet hatten und auf dem Weg zu ihr nach Hause waren, natürlich den normalen Weg, Lucy hatte sich nämlich heimlich geschworen, nie wieder den Umweg vorbei am Haus Nr. 33 und dem Friedhof zu gehen.

Sie wollten den Abend gemeinsam verbringen und weitere Pläne anfertigen, wo sie noch nach Hinweisen suchen könnten oder wen sie noch fragen könnten. Außerdem gab es noch so einige andere Dinge zu besprechen.

»Wieso denn?«, kam Olivias späte und abwesende Antwort.

»Naja, ich finde, es ist etwas unangenehm, wenn uns theoretisch jeder bei unseren Gesprächen zuhören kann«, erklärte Lucy.

»Stimmt«, sagte Olivia und in diesem Moment erreichten sie Lucys Haus von der entgegengesetzten Richtung, aus welcher Lucy losgegangen war. Sie betraten das Haus und Lucy sagte ihrem Vater kurz Bescheid. Dieser war im Wohnzimmer und sah sich zusammen mit Amy irgendeine Komödie an.

Als die Mädchen in Lucys Zimmer kamen, musterten sie es erst einmal.

»Also es hat sich ja kaum was verändert«, meinte Olivia, als sie sich prüfend umsah und dann zu ihrem Schrank ging, um diesen zu öffnen, »Oh! Coole Klamotten! Sind die aus England?«

Lucy nickte lächelnd. Ihre Mutter hatte sie gezwungen, mit ihr in London shoppen zu gehen, was mehr oder weniger der reinste Horror für Lucy gewesen war, denn die Straßen waren überfüllt gewesen, aber schöne Sachen hatte es dort allemal gegeben, auch wenn sie dafür etwas teurer waren.

»Wo wir gerade bei dem Thema sind, wir müssen auch mal zusammen shoppen gehen«, meinte sie lachend und Lucy schüttelte mit gespielter Hysterie den Kopf.

Die Abendsonne strahlte warm durch das geöffnete Zimmer herein, als sich alle drei mit einer Limonade in der Hand auf Lucys Teppich niederließen, um mit ihrer Erzählrunde zu beginnen. Olivia und Kathrin erzählten ihr einige weitere Sachen, die sie zusammen erlebt hatten, während Lucy weg war. Wie sie zum Beispiel in einem Freizeitpark waren, wo das Riesenrad stehen geblieben war, gerade dann als sie darauf waren, um Kathrins Höhenangst zu besiegen. Glücklicherweise wurde der Fehler schnell behoben, bevor etwas Schlimmes geschehen konnte.

»Sagt mal, ist hier eigentlich irgendwann etwas Komisches passiert in der Straße?«, fragte Lucy dann nach einer Weile, als sie eine Pause von dem ganzen Erzählen einlegten und Lucy endlich die Gelegenheit dazu bekam.

»Also ich habe nichts mitbekommen. Was meinst du?«,

fragte Olivia. Lucy fragte sich, ob sie ihre Begegnung mit dem Haus Nr. 33 doch erzählen sollte. Mit einem Seufzen entschied sie sich dafür. Immerhin waren es ihre Freundinnen.

»Als ich zur Eisdiele gegangen bin, da wollte ich den Umweg gehen, den ich früher auch immer gegangen bin, also meine Straße entlang, vorbei an diesem Gruselhaus und dann übers Feld in den Wald, wo der Friedhof ist. Ihr kennt den Weg doch, oder?«, begann sie ihr seltsames Erlebnis zu erzählen.

»Ja, den hast du uns doch früher gezeigt«, antwortete Kathrin, »was ist damit?«

»Als ich an diesem Haus vorbeigegangen bin, da, also haltet mich jetzt nicht für verrückt, aber naja... vielleicht habe ich es mir auch nur eingebildet. Auf jeden Fall habe ich dort so einen Schatten gesehen. Er hat sich bewegt und als ich am Feld vorbeigegangen bin, da habe ich irgendjemanden dort gesehen.«

»Einen Menschen?«, fragte Olivia verwirrt.

»Ja. Er hat mich direkt angestarrt. Man konnte ihn kaum erkennen. Dann hat er sich auf mich zu bewegt und ich habe Angst bekommen. Also keine Ahnung. Ich hatte einfach ein schlechtes Bauchgefühl und bin weggerannt«, gab sie zu.

»Das klingt komisch. Bist du dir sicher, dass es nicht irgendein Tier war?«, fragte Olivia sie und blickte ihr in die Augen. Jedoch nicht so, als würde sie denken, Lucy hätte es nur erfunden, sondern etwas besorgt, das konnte man sehen.

»Ja. Ich bin mir sicher. Irgendwas stimmt da nicht. Auf jeden Fall werde ich den Weg jetzt lieber meiden. Zumindest, wenn ich allein bin.«

»Würde ich dir auch raten«, meinte Kathrin, »ich habe schon einige komische Geschichten und Gerüchte über das Haus gehört«, berichtete sie und Lucy sah sie interessiert an, »Manche aus den höheren Klassen haben sich getraut, dort hinzugehen, und meinten, es wäre voll gruselig da drin gewesen. Also, dass die Schritte und so gehört hätten. Ich meine dort ist sogar ein schlimmes Verbrechen in der Vergangenheit passiert.«

Bei diesen Worten lief Lucy ein Schauer über den Rücken.

»Ich glaub nicht, dass das stimmt mit den Schritten«, merkte Olivia an, »generell ist es komisch, dass sie es noch nicht abgerissen haben.«

»Naja. Wer geht da auch gerne freiwillig hin«, gab Lucy zu bedenken.

»Abreißen wäre schon cool!«, scherzte Olivia.

»Haha, Olivia wird ‚Abreißerin‘!«, lachte Lucy.

»Gibt es das überhaupt?«, fragte Olivia und musste auch lachen. Und so verbrachten sie den restlichen Abend damit, sich weitere dumme Witze zu erzählen, bis sie so aussahen wie verendende Seeroben.

Es war ein schöner Abend und Lucy tat es gut ihn wieder mit ihren alten Freunden zu verbringen. Nachdem sie gegangen waren, rief noch ihre Mutter an und fragte sie, wie es ihr ging. Lucy erzählte, dass sie sich wieder gut eingelebt hatte, und entschloss sich, auch ihr über Nick zu berichten, jedoch nicht von ihren Plänen natürlich, das würde ihre Mutter nur unnötig besorgt machen und Lucy wollte nicht, dass sie es bereute sie wieder nach Hause gehen gelassen zu haben. Ihre Mutter sprach ihr Beileid aus und sagte ihr dann zum Abschluss, sie solle nichts Unüberlegtes tun, wie als, wenn sie wüsste, dass Lucy etwas im Schilde führte. Mütter schienen wohl ein Gespür dafür zu haben. Danach beschloss sie, dass es wohl Zeit war, mit ihrem Vater darüber zu reden.

»Dad, kann ich dich mal kurz sprechen?«

»Natürlich Lucy. Was ist denn?«, antwortete ihr Vater, der gerade Amelie hochgeschickt hatte.

»Naja, also ... wieso hast du mir das mit Nick eigentlich nicht erzählt?«

»Oh ... du hast es also erfahren?«

»Ja, die anderen haben es mir erzählt.«

»Nun, so wollten sie es auch. Olivia hat mich gebeten, dir noch nichts zu sagen, sie wollte das persönlich tun. Das tut mir echt leid. Ich weiß noch genau, wie gut ihr befreundet wart. Er war ein guter Junge«, ihr Vater seufzte, »Also, wenn du mit mir darüber reden willst, dann ...«

»Ne, alles gut. Ich glaube, ich habe heute schon genug darüber geredet«, wank Lucy ab. Sonst würde sie ihm noch aus Versehen von ihrem Schwur erzählen und das würde er wahrscheinlich ungern hören.

»Nun, dann...«

»Gute Nacht.«

»Nacht.«

Als Lucys Wecker am übernächsten Morgen klingelte, hätte sie am liebsten mit einem Hammer auf ihn geschlagen, aber sie musste nun mal aufstehen. Stöhnend schwang sie ihre Beine mehr oder weniger elegant aus dem Bett und ging ins Bad. Ihre Müdigkeit verflog jedoch, als sie daran dachte, dass sie heute mit ihren Freunden nach den Hinweisen suchen würden. Schnell putzte sie ihre Zähne, schlüpfte in ein oversized T-Shirt mit Jeans und lief dann eilig die Treppen herunter. Ihr Vater war bereits in der Küche und trank seinen Kaffee.

»Wann musst du zur Arbeit?«, fragte sie ihn, während sie sich schnell Toasts in den Toaster tat.

»In zwanzig Minuten. Wenn du Amelie zum Aufstehen überredest, dann kann ich euch noch zur Schule bringen.«

Sofort lief Lucy nach oben und weckte ihre Schwester, welche sich murrend auf die Beine hievte. Während diese dann endlich nach unten ging, in einer Hand noch ihre Bürste, um ihre Haare zu kämmen, schlang Lucy ihre Toasts runter und machte sich und ihrer Schwester etwas für die Schule. Ihr Vater holte gerade die Autoschlüssel und ging zur Tür, als Amy endlich fertig war.

»Na, ihr habt euch aber beeilt. Keine Lust zu Fuß zu gehen?«, lachte er und Lucy nickte lächelnd. Da hatte es sich Mal gelohnt, dass sie pünktlich aufgestanden war. Irgendwie scheute sie sich zu Fuß zu gehen seit dem letzten Vorfall. Sie wusste, dass es eigentlich Schwachsinn war, immerhin führte ihr und Amys Schulweg nicht einmal an diesem Haus vorbei, aber trotzdem hatte sie ein sichereres Gefühl, wenn sie mit dem Auto fuhren. Vielleicht lag es aber auch nur an ihrer Faulheit.

Als sie an der Schule ankam, wünschte Lucy ihrem Vater noch einen schönen Tag und ging dann zum Klassenzimmer. Auf halbem Weg kam ihr Olivia entgegen und sie gingen den restlichen Weg zusammen. In Gedanken war Lucy schon bei ihren Plänen, die sie und ihre Freunde für den Nachmittag hatten, was Mr. Penhallow abermals nicht erfreute. Sie war zwar relativ gut in der Schule, aber die Lehrer meinten oft, sie sollte mal aus ihrer Traumwelt rauskommen und sich mehr am Unterricht beteiligen. Aber momentan interessierte sie sich für etwas anderes. In der Pause gingen sie Jerry und seiner Gruppe aus dem Weg wo sie nur konnten, denn sie wollten möglichen Streit vermeiden. Sie standen wahrscheinlich schon so weit oben auf deren Hassliste und sie wollten nicht auf Platz Nr. Eins sein.

Endlich klingelte es zum Schulschluss, glücklicherweise hatten sie keinen Nachmittagsunterricht und Lucy lief nach draußen, wo sie sich mit ihren Freunden traf, um das weitere Vorgehen zu besprechen.

6

Lucy, Nathan, Olivia und Liam standen bereits vor Lucys Haus, als Kathrin sich verabschiedete und sich auf dem Weg zu ihrem Onkel machte. Glücklicherweise hatte dieser heute frei und sein Haus war nur ein paar Straßen weiter. Kathrin musste an dem Haus Nr. 33 vorbei und in einen gegenüber liegenden Feldweg einbiegen, der nur von den Landbewohnern, inklusive ihres Onkels genutzt wurde. Er war zwar ein Polizist, aber bevorzugte es lieber auf dem Land zu leben, um außerhalb seiner Arbeitszeiten etwas Ruhe zu haben. Er muss bestimmt etwas wissen, dachte sich Kathrin, als sie die Straße entlang ging.

Das Gruselhaus kam in Sicht und Kathrin fuhr ein Schauer über den Rücken. Sie lief an einer Straßenlaterne, an der ein Foto von Nick hing, vorbei und das gab ihr mehr Entschlossenheit. Sie würde jetzt einfach vorbeigehen. Für Nick, schwor sie sich. Lucy hatte sich diese Person bestimmt nur eingebildet, aber sie würde nicht darauf hereinfallen. Die meisten dachten zwar, sie wäre die Ängstliche von ihnen, aber nein. Diesmal nicht. Sie musste nur einige hundert Meter weiter in den Feldweg einbiegen und das war's. Früher war sie diesen Weg auch immer gegangen, zwar meistens mit ihrer Mutter oder ihrer großen Schwester, aber sie würde es auch allein schaffen, sie war doch kein kleines Kind mehr. Als sie gegenüber von dem Haus war, wagte sie einen Blick darauf, doch da war nichts. Natürlich war da nichts, was sollte dort auch schon sein, außer ein paar Landstreicher vielleicht. Gerade als sie diesen Gedanken zu Ende gedacht hatte, wäre sie fast gegen jemanden gelaufen, der ihr entgegenkam. Sie wich schnell aus und entschuldigte sich. Als sie aufblickte, sah sie, dass es ein älterer Mann war, der sie nur komisch anlächelte.

»Keine Sorge Mädchen, passiert jedem Mal«, sagte er, seine Stimme klang merkwürdig, irgendwie hörte sie sich wie bei einem Pädophilen an, dachte sie mit einem seltsamen Gefühl, ging aber stumm an ihm vorbei. Mit Fremden durfte sie sowieso nicht reden. Sie beschleunigte ihre Schritte und bald kam das Haus ihres Onkels in Sicht. Als sie klingelte, öffnete er ihr die Tür.

*

Olivia war mit Liam losgezogen, um einige Bewohner in Nicks Straße zu befragen. Diese war nur zwei Straßen von Lucys entfernt und deswegen waren sie nach relativ kurzer Zeit angekommen.

»Wenn wir schnell fertig sind, können wir das auch bei Lucys Straße wiederholen«, verkündete sie Liam ihren Einfall und dieser nickte.

»Sag mal, wurden die nicht schon von der Polizei befragt, hier?«, fragte er dann.

»Bestimmt. Zumindest die direkten Nachbarn, aber es kann ja nicht schaden ein zweites Mal zu fragen, oder? Außerdem brauchen wir die Informationen auch. Vielleicht erfahren wir etwas Interessantes.«

»Stimmt, dann sagen wir einfach, dass wir freiwillige Helfer sind und den Auftrag haben, noch einmal gründlich nachzuforschen. Theoretisch könnten wir auch seine Eltern befragen«, schlug er vor und blickte zu den Häusern. Sie waren nun fast bei Nicks Haus angekommen.

»Nein, das wäre viel zu direkt!«, entgegnete sie kopfschüttelnd und sie liefen schweigend weiter. Die Tür des Nachbarhauses, direkt neben Nick, wurde ihnen von einer Frau mit blond gefärbten Haaren, die Olivia auf Mitte 50 schätzte, aufgemacht.

»Hallo, Ms.-«

»Mrs. Walker«, unterbrach sie die Frau, »Warum seid ihr hier?«, fragte sie etwas unwirsch.

»Hallo Mrs. Walker«, Olivia ließ sich nicht aus der Fassung bringen, »ich bin Olivia und das hier ist mein Freund Liam. Wir sind bei der freiwilligen Suche an Nick Matthews beteiligt und wollten ihnen ein paar Fragen stellen, da sie ja direkt neben ihm wohnen.«

»Oh, ich wurde schon von der Polizei befragt, aber ihr könnt gerne reinkommen und ich erzähle euch noch einmal alles, was ich weiß«, antwortete sie und ihre Stimme klang auf einmal viel netter. Olivia und Liam nahmen das Angebot dankend an, lehnten aber ab als sie ihnen etwas zu Essen anbot.

»Nun, dann, denke ich, kann ich euch leider keine große Hilfe sein. Ich habe Nick in letzter Zeit vor seinem Verschwinden kaum gesehen. Ich weiß nur, dass er vorher kaum zu Hause war und oh, als ich eines Tages beim Einkaufen war, da habe ich ihn mit so einer Jungenbande gesehen. Diese Halunken sind mir schon vorher schlecht aufgefallen, haben mich oft einfach so angerempelt, als sie an mir vorbeigerannt sind, sie haben wahrscheinlich etwas beim Supermarkt gestohlen. Und dann haben sie noch schlecht auf den netten Nachbarsjungen abgefärbt. Diese Jugend heutzutage«, als ihr Blick auf Liam und Olivia fiel, lächelte sie entschuldigend, »Oh, tut mir leid, das meinte ich nicht so. Ihr seid bestimmt nicht so welche. Aber da draußen gibt es Kinder, die nicht so gut erzogen wurden.«

»Schon okay«, sagte Liam, mehr interessiert an den Informationen, die sie ihnen gab.

»Ja, ich denke, wir kennen die Jungen, von denen sie sprechen. Die gehen auch auf unsere Schule und Nick hat sich mit ihnen angefreundet.«

»Ach ja. Früher war er immer sehr nett zu mir und hat mir manchmal beim Einkaufen geholfen. Wie schnell doch die Zeit vergeht«, meinte sie mit einem Seufzer.

»Ja, Nick hatte sich leider ganz schön verändert«, meinte Liam traurig und blickte sich in Mrs. Walkers Haus um.

»Wann haben sie ihn denn das letzte Mal gesehen?«, fragte er sie, während Olivia einen Notizblock und deinen Stift hervorholte, um die erhaltenen Informationen zu notieren.

»Oh, das muss vielleicht zwei Tage, bevor er vermisst gemeldet wurde, passiert sein. Wie gesagt, da, als ich ihn mit dieser Bande herumlungern sah.«

Liam nickte: »Und ist ihnen sonst noch etwas Komisches aufgefallen?«

Mrs. Walkers überlegte, dann antwortete sie: »Nein, leider nicht. Tut mir leid.«

Olivia nickte und packte dann die Sachen zusammen.

»Vielen Dank Mrs. Walkers. Sie waren uns trotzdem eine große Hilfe.«

»Oh, das habe ich doch gerne gemacht. Wollt ihr vielleicht noch etwas zu trinken?«

»Nein Danke, nett von ihnen«, lehnte Liam ab und sie verließen das Haus.

»Und viel Glück euch noch!«, rief ihnen die Nachbarin hinterher, als sie das Gartentor ihres Grundstückes erreichten.

»Das lief doch gar nicht mal so schlecht«, meinte Liam, »Immerhin wissen wir jetzt etwas mehr.«

»Jerry und seine Gruppe müssen Nick ja echt stark beeinflusst haben, dass er sich auf solche kriminellen Sachen einlässt«, meinte Olivia grübelnd.

*

Als Nathan mit ihr in Richtung Police Department ging, wo sich momentan eine Suchtruppe aufhielt, spürte Lucy Nicks Abwesenheit mehr denn je. Sie würde die Hoffnung nicht aufgeben, dass er noch am Leben war. Er musste einfach am Leben sein. Sie wusste, dass die Chance gering war, aber trotzdem redete sie es sich immer wieder ein. Überhaupt schien sich die Welt der fünf Freunde nur darum zu drehen. Natürlich, man konnte ihn schließlich nicht einfach so vergessen. Es wäre alle viel leichter gewesen, wenn Lucy schon früher da gewesen wäre, dann hätten sie schon viel früher suchen können. Die anderen hatten es schließlich nicht getan. Sie hatten es versucht, aber ihnen fehlte einfach jemand, der es in die Gänge leitete, Lucy konnte sehr gut die Führung übernehmen.

Als sie an einer Vermisstenanzeige von Nick vorbeikamen, wurde ihr erst bewusst, dass sie ihr eigentlich noch gar nicht aufgefallen waren, seitdem sie hier war. Wieso hatte sie diese noch nicht früher bemerkt? Sie hatte über sein Verschwinden erst erfahren, als ihre Freunde es ihr gesagt hatten. Gut, sie war auch erst zwei Tage vor Schulanfang zurückgekehrt und da hatte sie die Zeit genutzt, um sich erst einmal im Haus einzuleben. Aber auf ihrem Schulweg waren schließlich auch Vermisstenbilder zu sehen. Eigentlich hingen sie fast überall, die anderen hatten ganze Arbeit geleistet. Also hatten sie doch etwas getan. Natürlich hatten sie das. Aber der endgültige Plan, dass sie nach Hinweisen suchen mussten, der war von ihr gekommen. Sonst hatten sich die anderen natürlich bemüht. Vielleicht hatte sie die Poster auch gesehen während ihrer ersten Autofahrt zur Schule, aber sie hatte sie ignoriert. Sie realisierte, dass sie sich ernsthaft nicht darum gekümmert hatte. Weil es doch normal war. Heutzutage kümmerte sich niemand darum. Sie hatte wahrscheinlich nicht darauf geachtet und es unterbewusst in den Ordner »Mal wieder eine Vermisstenanzeige, da kann ich ja sowieso nichts machen« gepackt und jetzt schämte sie sich selbst dafür. Wie konnte man sich eigentlich nur so wenig um das Leben anderer scheren?

Aber waren nicht die meisten so? Es tat eigentlich fast jeder. Dieses Ignorieren und denken: Ach, darum kümmern sich schon die anderen Leute. Sie kümmerte sich jetzt nur darum, weil es ihr bester Freund war. Natürlich. Würde nicht jeder so handeln? Es war ein schreckliches Gefühl, nicht zu wissen, wo er war, nach allem, was sie durchgestanden hatten. Aber war nicht jeder Mensch gleich viel wert? Jeder Vermisste verdiente es, wieder gefunden zu werden. Selbst, wenn es schon zu spät war, dann musste man das Verbrechen wieder aufklären. Und ab diesem Moment schwor sich Lucy, dass sie sich ab sofort, wenn das Ganze hier vorbei war, häufiger an Rettungsaktionen beteiligen würde, beziehungsweise einfach irgendwas tun würde, was half, anstatt immer so untätig herumzusitzen. Sie musste lernen zu handeln. Sie war sich nun sicher, dass sie immer versuchen würde zu helfen, wenn so etwas wieder in ihrem näheren Umfeld passieren würde. Vielleicht würde sie das sogar später beruflich machen. Bei der Polizei oder beim Jugendamt arbeiten ... Wieso eigentlich nicht?

Sie war mal wieder einmal so sehr in ihrer Gedankenwelt versunken, dass sie gar nicht merkte, wie Nathan etwas zu ihr sagte. Erst als er sie anstupste und es wiederholte.

»Hallo, Lucy! Ich meinte, wir sind jetzt da.«

»Oh, eh sorry. Ich habe nicht aufgepasst«, entschuldigte sie sich und blickte sich um. Ungefähr zehn Meter vor ihnen war ein größeres Gebäude, das Police Departement ihres Ortes in Doolin. Ja, Kathrin fragte bereits ihren Onkel, aber sie wussten nicht, wo sie sonst fragen könnten, um ihre Hilfe anzubieten, deshalb waren sie hier hingegangen, um zu fragen. Sie betraten es und hinter dem Tresen kam eine Polizistin hervor.

»Ja, bitte?« Glücklicherweise übernahm Nathan das Sprechen, denn plötzlich wusste Lucy nicht, was sie sagen sollte.

»Hallo, ich bin Nathan Clark und das ist Lucy Amberson. Wir sind hier wegen unseres Freundes, Nick Matthews. Er wird seit ungefähr einem Monat vermisst und wir wollten fragen, ob es überhaupt noch Suchtrupps gibt, denen wir uns anschließen könnten.«

Sie blickte die beiden musternd an.

»Seid ihr nicht noch zu jung dafür?«, fragte sie skeptisch. Jetzt übernahm Lucy, wenn es um die Überzeugung ging, hatte sie eindeutig die Oberhand: »Er ist unser bester Freund gewesen, sie müssen das verstehen! Und wenn Sie den Fall schon aufgegeben haben, dann bitte ich Sie, ihm noch eine Chance zu geben! Wir würden so gerne einen Suchtrupp gründen und uns an der Suche beteiligen. Das ist das Mindeste, das wir tun können.«

Die Polizistin blickte sie nachdenklich an. Sie war noch etwas jünger und würde doch bestimmt Verständnis zeigen.

»Also gut. Ich weiß zwar nicht, was das bringen sollte, denn wir haben das ganze Gebiet bereits abgesucht, aber wenn ihr sonst nichts zu tun habt«, gab sie schließlich etwas barsch nach.

»Mr. Peters ist für die Suchtrupps zuständig«, sie winkte einen stämmigen, älteren Herren zu sich, der am anderen Ende des Raumes war und sich unterhielt, »Er ist zwar schon pensioniert, aber möchte der Stadt trotzdem noch ehrenamtlich helfen. Er wird euch in die Arbeit einweihen und euch helfen einen Suchtrupp zusammenzustellen.«

Mr. Peters sah nun zu ihnen. Er hatte eine beginnende Glatze und einen Schnauzer. Außerdem trug er eine eckige Brille auf der Nase.

»Um welchen Fall geht es denn?«, fragte er und blickte zu den beiden Jugendlichen.

»Nick Matthews, Sir«, antwortete Nathan und blickte ihn erwartungsvoll an. Mr. Peters seufzte.

»Eigentlich haben wir diesen Fall bereits stillgelegt«, seufzte er.

»Bitte, Sir. Es ist uns sehr wichtig. Wir kannten ihn ziemlich gut und wissen vielleicht, wo er sich aufgehalten haben könnte.«

»Nun gut. Ich denke, da kann ich euch ein bisschen helfen«, er führte sie bereits zum Ausgang. Diese Worte klangen sehr hoffnungslos. Es stand außer Frage, dass die Polizei keine Hoffnungen mehr in diesen Fall legte. Wahrscheinlich wollte er ihnen nur helfen, um sie endlich abzuwimmeln.

»In meinem Alter hat man sowieso kaum etwas zu tun. Und wenn ich euch jetzt wegschicken würde, dann würdet ihr etwas auf eigene Faust unternehmen, ich weiß nur zu gut, was man so in diesem Alter im Kopf hat«, meinte er und zwinkerte ihnen zu.

Lucy grinste, als sie nach draußen gingen. Sie würden schon noch herausfinden, was mit Nick passiert war und eigentlich wusste sie auch, dass es sinnlos war, das Gebiet tausendmal zu durchsuchen, aber schließlich war das nicht ihr eigentlicher Plan. Sie wollten eigentlich nur mehr Informationen bekommen. Und von wem bekam man diese besser als von dem ehrenamtlichen Leiter der Suchtrupps? Sie mussten ihnen nur ein bisschen zum Reden bringen und das würden sie schon schaffen. Wenn sie erst einmal die Grundinformationen über Hinweise und Vermutungen hatten, welche die Polizei noch kaum veröffentlicht hatte, dann hätten sie erst einmal eine Basis für ihre weitere Vorgehensweise.

7

Kathrin saß ihrem Onkel gegenüber und nahm einen Schluck Wasser aus dem Glas, welches er ihr angeboten hatte. Sie hatte ein wenig mit ihm geredet und es hatte gut gepasst, dass er ohnehin noch etwas an ihre Mutter weiterzugeben hatte. Sie wollte das Gespräch nun unauffällig auf die Ermittlungsarbeiten bezüglich Nick lenken.

»Gibt es eigentlich etwas Neues, was Nick angeht?«, fragte sie ihren Onkel mit hoffnungsvoller Stimme.

»Leider nicht, soweit ich weiß. Sie haben das ganze Gebiet abgesucht, aber keine weiteren Hinweise gefunden. Das tut mir sehr leid für dich Kathrin, ich weiß, du warst mit ihm befreundet.«

Kathrin seufzte und versuchte es erneut: »Wo habt ihr denn gesucht? Habt ihr auch die Häuser durchsucht?«

»Ich kümmere mich nicht um die Vermisstenfälle, das tun die spezialisierten Ermittler, aber dem nach, was ich gehört habe, gehen sie nicht unbedingt alle von einer Entführung aus. Die älteren Kollegen meinen, dass es selbstverständlich wäre, dass es sich nur um einen Streich handelt und er bald wiederkehren wird. Deswegen haben sie nur die Nachbarn befragt. Es gibt nämlich keine Anzeichen für eine Entführung. Könntest du es dir nicht vorstellen, dass er aus eigenem Willen weggelaufen ist? Manchmal tun das Jugendliche in eurem Alter.«

»Eher nicht. Er war nicht so einer. Das hätte gar nicht zu ihm gepasst. Habt ihr nicht noch weitere Hinweise?«

»Das weiß ich nicht. Tut mir leid«, sagte ihr Onkel, aber Kathrin überzeugte der Tonfall in seiner Stimme nicht. Sie mussten noch weitere Hinweise haben.

»Okay, danke. Es hat gut getan darüber zu reden«, sagte sie zu ihm, obwohl das kurze Gespräch ihrer Meinung nach nicht die gewünschten Informationen enthalten hatte. Immerhin hatte sie jetzt einen Eindruck, was die Ermittlungen anging.

»Gleichfalls«, meinte er, als er sie zur Tür begleitete. Als sie raustrat, rief er ihr noch hinterher: »Und richte deiner Mutter schöne Grüße von uns weiter!«

»Mache ich«, antwortete sie und schrieb Lucy eine SMS, dass sie fertig war mit ihren Ermittlungen.

Von Lucy kam kurz darauf eine knappe Antwort zurück. Sie sollte zur Polizeistation kommen und einige Leute zusammentrommeln. Hatten sie einen Suchtrupp gebildet? Oh je, Kathrin wurde mulmig bei dem Gefühl, Leute anzusprechen. Wen sollte sie fragen? Sie entschied sich, einigen Freunden aus der Klasse zu schreiben sowie ihrer Cousine, die bei ihrem Onkel wohnte. Hätte sie die Nachricht früher bekommen, hätte sie es ihr sagen können, aber dann hätte es ihr Onkel auch mitbekommen und das wäre unvorteilhaft gewesen. Deshalb schrieb sie noch dazu, dass sie ihrem Onkel besser nichts sagen sollte. Ihre Cousine antwortete mit einem »Okay« und Kathrin, die mittlerweile vor dem Garten des Anwesens stand, wartete kurz, bis ihre Cousine Nelly rauskam. Gemeinsam machten sie sich auf den Weg.

*

Währenddessen hatten Olivia und Liam schon weitere

Häuser abgeklappert. Doch Fehlanzeige. Nirgends hatten sie weitere Informationen bekommen. Momentan hatten sie nur Spuren, die alle zu Jerrys Clique führten. Doch war ihnen noch nicht bewusst, wie wichtig diese eigentlich waren.

»Ich denke, in der Straße kriegen wir keine Informationen mehr«, meinte Olivia und sah zu Liam.

»Aber wenn wir hier keine kriegen, was nützt es uns dann, in einer anderen Straße zu gucken? Die werden doch wohl noch weniger mitbekommen haben. Wahrscheinlich kennen ihn dort nicht mal alle«, sagte Liam unmotiviert.

»Darum geht es auch nicht wirklich. Kennen müssen sie ihn nicht. Vielleicht ist ihnen irgendwas aufgefallen. Vielleicht wurde er entführt oder jemand hat etwas gemerkt, aber traut sich nicht zur Polizei zu gehen«, entgegnete sie.

Liam nickte daraufhin. »Stimmt. Das kann sein.«

Sie machten sich auf den Weg zu Lucys Straße. Dort hatte vielleicht jemand etwas gesehen und dies war die direkte Nachbarstraße von Nick. In den ersten Häusern hatte niemand etwas Ungewöhnliches mitbekommen und Lucys Haus hatten sie übersprungen, was Liam einen enttäuschten Seufzer entlockte, doch Olivia wollte nicht aufgeben. Irgendjemand musste doch etwas bemerkt haben. Das nächste Haus war gleichzeitig wahrscheinlich das letzte. Danach kam nur noch in fünfzig Meter Entfernung das Haus Nr. 33 und da wohnte schließlich niemand.

Olivia sah kurz auf das Namensschild neben der Klingel: Fox. Liam klingelte. Zuerst machte ihnen niemand auf. Erst nach dem zweiten Klingeln wurde ihnen von einem Mann mit einem gestressten Lächeln geöffnet.

»Ja?«

»Entschuldigung für die Störung, aber wenn sie gerade Zeit haben, dann würden wir sie gerne etwas fragen«, erklärte Olivia höflich.

Im Hintergrund hörte man Hundegebell und eine Frau, die wahrscheinlich nach dem Mann rief.

»Entschuldigung«, meinte er nur kurz, drehte sich um und erklärte seiner Frau dann, dass sie Besuch hatten. Danach drehte er sich wieder zu ihnen und blickte sie abwartend an.

»Tut mir leid. Was war eure Frage? Wer seid ihr überhaupt?«

»Ich bin Olivia und das ist Liam«, sagte Olivia und deutete dann auf Liam.

»Wir wohnen hier in der Nähe und eine Straße weiter wird ein Junge namens Nick vermisst. Kennen sie ihn zufällig?«

Der Mann schien kurz nachzudenken, dann antwortete er: »Ich glaube, ich habe ihn vielleicht schon öfters gesehen. Aber sonst nicht wirklich. Nur seine Vermisstenanzeigen. Das hat wohl jeder hier mitbekommen«. Nervös fuhr er sich durch die Haare und Olivia blickte ihn skeptisch an.

»Er ist unser Freund und wir wollen ein bisschen nachforschen, indem wir die Leute hier in der Gegend befragen. Können sie sich daran erinnern ihn vor seinem Verschwinden, also noch vor einem Monat gesehen zu haben?«, meinte Liam und kramte ein Foto von Nick aus seiner Jackentasche, um den Mann möglicherweise einen kleinen Denkanstoß zu geben.

Mr. Fox nahm das Foto entgegen und blickte es einige Momente lang nachdenklich an. Sein Gesicht war blasser geworden, als er es ihnen zurückgab.

»I-ich glaube, da war wirklich etwas. Ein Tag vor seinem Verschwinden, bevor sie es in den Nachrichten berichtet haben, da habe ich so eine Jungengruppe gesehen. Ich bin mir aber wirklich nicht sicher, ob er dabei war. Ich meine schon, aber garantieren kann ich euch nichts. Ist halt schon länger her. Ich erinnere mich nur noch daran, weil ich einen Tag später diesen Nachrichtenbericht gesehen habe. Aber ich war mir nicht sicher. Deswegen habe ich die Polizei nicht gerufen.«

Der letzte Satz interessierte die beiden mittlerweile nicht. Natürlich gab niemand der Polizei Bescheid, so klein die Hinweise auch waren. Sie dachten alle, es wäre unwichtig und sie hätten sich getäuscht. Stadtessen schenkten sie dem ersten Teil mehr Aufmerksamkeit.

»Jungen-Gruppe? Das klingt nach-«

»Jerry!«, unterbrach Olivia, Liam und blickte aufgeregt zu ihm, »Also war er bei ihnen. Ist ihnen sonst noch etwas aufgefallen?«

»Pff. Außer, dass die wie verrückte herumgeschrien haben, nicht.«

»Wo? Warum?«, hackte Olivia nach.

»Was weiß ich? Hier in der Nachbarschaft. Auf einmal. Anstatt daran zu denken, dass hier manche schon früher schlafen wollen, weil sie früh zur Arbeit müssen. Dann habe ich rausgeguckt und da sind vier Jungen weggelaufen.«

Liam blickte sich um und sein Blick fiel auf das weiter entfernte Haus Nr. 33. Hatte es etwas damit zu tun? Nein, da ging doch niemand freiwillig hin. Währenddessen hatte sich Olivia schon bei dem Mann bedankt und sie liefen zurück zur Straße.

»Wieso ist es uns nicht schon früher aufgefallen? Sie müssen etwas damit zu tun haben!«, sagte sie auf einmal.

»Wer?«, fragte Liam verwirrt.

»Na Jerry und seine Gruppe! Das müssen wir den anderen sagen!«

Doch Liam schien anderer Meinung zu sein: »Spinnst du? Damit sich Lucy wieder mit denen anlegt? Ich will mit denen nichts zu tun haben. Was sollen die schon gemacht haben?«

»Ich auch nicht unbedingt, aber wir müssen den anderen trotzdem davon berichten«, meinte Olivia, um einen Streit aus dem Weg zu gehen, und sah auf ihr Handy.

»Lucy hat uns eine Nachricht geschrieben. Wir sollen zur Polizeistation kommen und Leute zusammentrommeln«, meinte sie dann und blickte auf, »Sie wollen wahrscheinlich einen Suchtrupp zusammenstellen.«

»Was soll das denn bringen?«, meinte Liam nur missmutig, doch Olivia ignorierte ihn.

»Lass uns die Leute fragen, denen wir hier noch begegnen! Los. Die Frau da!«, meinte sie auffordernd und lief auf einige Leute zu. Liam brummte nur unverständlich seine Einwilligung und folgte Olivia dann, die schon dabei war die Leute zu fragen.

8

Lucy blickte auf und sah Liam und Olivia auf sich zukommen, im Schlepptau einige andere Leute, die wahrscheinlich aus der Nachbarschaft sein mussten. Lucy kannte die meisten vom Sehen her. Vor zwanzig Minuten war Kathrin ebenfalls mit ihrer Cousine und einigen Freunden aus ihrer und den Parallelklassen zurückgekommen.

»Hi«, sagte Olivia und blickte zu Lucy, »Sollen wir euch unsere Informationen später mitteilen?«

»Ja, wir setzen uns nachher noch einmal zusammen und besprechen alles«, entgegnete sie. Nathan zählte solange die Leute und teilte ihnen dann die genaue Anzahl mit.

»21. Reicht das?«, fragte er und blickte zu Mr. Peters.

Dieser nickte matt: »Damit sollten wir klarkommen.«

Er drehte sich zu den Leuten um, um die Aufgabe zu erklären: »Also, vielen Dank erst einmal, dass Sie sich freiwillig dazu bereit erklärt haben, an dieser Suchaktion teilzunehmen. Es sind zwar schon einige Wochen vergangen und wir haben den Großteil Doolins schon abgesucht, aber natürlich gibt es noch einige Orte, wo wir suchen können. Nicks Freunde haben das hier organisiert und wir sollten uns alle anstrengen. Hier in Doolin wurde schon lange niemand mehr vermisst, deswegen ist es ein sehr ungewöhnlicher Fall, indem wir immerhin so viel wie möglich versuchen sollten zu tun. Wenn wir einen Hinweis finden, würde das uns vielleicht schon weiterbringen.«

Während er weiter erklärte, wie sie vorgehen würden, dachte Lucy über seine Rede nach. Er hatte mit ziemlich wenig Überzeugung geredet, dennoch tat er es ihnen zuliebe. Schließlich war das seine freie Zeit. Aber wahrscheinlich tat er es jedes Mal, wenn jemand vermisst wurde. Oder weil es relativ selten in Doolin war, außer in den letzten Jahrzehnten. Sie meinte, die Häufigkeit wäre gestiegen, aber es waren immer noch viel weniger als beispielsweise in einer Großstadt.

Sie machten sich auf den Weg, vorne liefen ein paar freiwillige Hundeführer. Das Erste, was sie nach weiteren Hinweisen absuchen wollten, war das Waldstück am Friedhof. Es war also derselbe Weg, den Lucy an jenem Tag zu der Eisdiele zurückgelegt hatte. Mittlerweile war sie schon davon überzeugt, dass sie sich nur eingebildet hatte, jemanden gesehen zu haben. Ihre Fantasie hatte ihr ganz einfach einen Streich gespielt. Niemand war dort gewesen. Wahrscheinlich war sie auf dem Weg nur zu aufgeregt gewesen.

Der Suchtrupp bewegte sie gerade auf der Straße, in der Lucy wohnte, als Mr. Peters, der neben den fünf Freunden lief, sich zu ihnen wandte, wahrscheinlich um ihnen eine Frage zu stellen, denn seine Miene war nachdenklich.

»Wisst ihr, ob es irgendeinen Ort gibt, wo er sich hätte zurückziehen können? Etwas wo er immer hingegangen ist, um seine Ruhe zu bekommen?«, hakte er nach.

»Mir fällt gerade keiner ein. Höchstens die Eisdiele, aber da haben wir uns immer zusammengetroffen. Wenn es einen gäbe, dann wüssten wir davon wahrscheinlich nicht. In letzter Zeit hatten wir nicht sonderlich viel Kontakt«, meinte Nathan stirnrunzelnd.

»Schade. Oft verschwinden Jugendliche auch in eurem Alter, wenn sie mit irgendwas zu kämpfen haben. Ich weiß, es sind gewöhnliche Fragen, aber hatte er Streit? Wurde er gemobbt? Irgendein Anlass?«

Sie schüttelten alle nacheinander die Köpfe. Nick wurde weder gemobbt, noch hatten sie einen Streit mitbekommen. Es war nur so, dass er auf einmal nichts mehr mit ihnen zu tun haben wollte, und dies sagte Olivia dem pensionierten Beamten schließlich auch.

Dieser schüttelte nur den Kopf und antwortete: »Wahrscheinlich schlechter Einfluss. Ihr meintet zwar, dass es nicht seine Art ist zu verschwinden, aber ihr vergesst, dass sich Menschen schnell ändern. Wenn ihr in letzter Zeit wenig Kontakt zu ihm hattet, dann könnt ihr nicht genau wissen, wie es ihm ergangen ist. Vielleicht wurde er dazu überredet oder hat selbst den Entschluss gezogen zu verschwinden. Vielleicht wurde er aber auch entführt, als er auf dem Weg nach Hause war.«

Diese Worte ließen Lucy grübeln und plötzlich fiel ihr wieder ein, wieso sie überhaupt diesen hoffnungslosen Suchtrupp gestartet hatten. Sie brauchten Informationen.

»Mr. Peters? Ich möchte mich nicht in die polizeilichen Arbeiten einmischen, aber wissen sie, wann er genau das letzte Mal gesehen wurde?«

Mr. Peters blickte sie an und dachte dann nach.

»Laut Aussagen der Familie sei er am Tag seines Verschwindens nicht mehr von der Schule nach Hause gekommen.«

Das war keine wirkliche Antwort, die sie sich erhofft hatte. Denn theoretisch könnte ab diesem Zeitpunkt alles passiert sein. Er konnte auf dem Schulweg entführt worden oder weggelaufen sein, wie Mr. Peters meinte. Doch das wollte Lucy nicht glauben. Schweigend liefen sie weiter bis sie an dem Haus Nr. 33 vorbeikamen. Das gefürchtete Haus, das Lucy schon dazu gebracht hatte sich Sachen einzubilden und das so berüchtigt unter den Teenagern ihrer Schule war. Plötzlich kam in ihr die Frage auf, ob es vielleicht auch mit Nicks Verschwinden zu tun haben könnte. Vielleicht versteckte sich dort ein Kindermörder und entführte dort Kinder. Okay, das war ziemlich unrealistisch. Die einzigen die dort hingingen, waren entweder irgendwelche leichtsinnigen Teenager oder Obdachlose. Trotzdem war es Grund genug für sie, zu fragen.

»Mr. Peters? Wurde eigentlich schon dort gesucht?«, fragte sie beiläufig und deutete dabei auf das dunkle, alte Haus gegenüber von ihnen.

Der Angesprochene blickte kurz rüber und schüttelte dann den Kopf, als er antwortete: »Nein. Wieso? Dazu hatten wir keinen Anlass. Das Haus sollte meiner Meinung nach schon längst abgerissen werden und außerdem ist es verboten das Grundstück zu betreten.«

Lucy nickte nur, aber innerlich gab sie sich nicht damit zufrieden. So etwas Offensichtliches durfte man doch nicht übersehen. Oder etwa doch?

Als sie sich langsam den Wald näherten, begann Mr. Peters seine Stimme zu erheben.

»Ab jetzt sollten wir genauer nach Hinweisen suchen. Halten Sie die Augen nach irgendwelchen auffälligen Gegenständen oder Verstecken offen. Gucken sie auch auf dem Boden. Die Leichenspürhunde haben hier zwar nicht angeschlagen, aber selbst ein Hund kann manchmal etwas übersehen. Ein Wald ist ein beliebtes Versteck für irgendwelche Tatwaffen oder bestens geeignet zum Vergraben eines Beweisstückes.«

Bei diesen Worten fuhr Lucy ein Schauer über den Rücken. War Nick aus Sicht der Polizei also schon tot? Entweder das oder er war selbst weggelaufen. Das dachten sie also. Und diesen Blickwinkel aus Sicht der Polizei zu bekommen reichte ihr schon. Sie brauchten nicht mehr Informationen. Die Polizei hatte selbst kaum Hinweise und für sie war der Fall schon fast ein Cold Case. Es war ein Wunder, dass sie überhaupt noch einwilligten einen Suchtrupp, ihnen zur Liebe, zu organisieren. Auch, wenn nicht mal richtige Polizisten und Spürhunde dabei waren. Offensichtlich hatten sie die Hoffnung schon aufgegeben. Die Vorstellung, auf Nicks Leiche zu treffen, nein es war einfach nur grauenhaft. Lucy war sich eigentlich sicher gewesen, dass Nick noch leben musste, aber langsam verließ sie ihr gutes Gefühl, was diese Sache anging. Sie schüttelte den Kopf leicht, um klare Gedanken zu fassen, und machte sich dann zusammen mit Kathrin und Olivia auf den Weg, am Waldrand zu suchen, während die Jungen in die entgegengesetzte Richtung gingen.

Als die Sonne schon langsam nach unten wanderte, hatten sie alles abgesucht. Aber nirgends war auch nur eine Spur gewesen. Sie hatten an jedem Busch, an jedem Baum geguckt, aber nein. Absolut kein Hinweis. Mr. Peterson hatte die Suche somit für erfolglos und beendet erklärt. Wahrscheinlich war dieser Fall nun endgültig vorbei für die Polizei. In Ordnung. Lucy und ihre Freunde würden schon selbst weitersuchen. Genug Informationen hatten sie nun fürs Erste. Diese Ansicht teilte sie auch ihren Freunden mit, als sie auf dem Weg zu Lucy waren, da diese am nächsten an der Polizeistation wohnte. Sie setzten sich in ihrem Zimmer auf dem Boden und grübelten, bis Lucy schließlich die Stille unterbrach und ein Blatt Papier sowie einen Stift vor sich legte.

»Und? Was habt ihr herausgefunden?«

»Mein Onkel meint, dass sie davon ausgehen, dass er selbst weggelaufen ist. Also, das hat er zumindest mitbekommen. Deswegen haben sie keine Häuser durchsucht. Nur Leute befragt so wie wir«, antwortete Kathrin als erste.

»Ja, das habe ich mir auch schon gedacht. Ich glaube mittlerweile echt, die Polizei interessiert sich gar nicht dafür«, meinte Lucy trocken. Mit diesen Gedanken hatte sie sich schon bei der Suche beschäftigt.

Doch zu ihrer Überraschung widersprach Kathrin ihr: »Stimmt doch gar nicht! Was sollen sie denn sonst noch machen, wenn es absolut keine Hinweise gibt?«

»Ist gut, Kathrin. Ich denke nicht, dass Lucy deinen Onkel beleidigen wollte, aber wir denken halt, dass sie zu systematisch vorgehen. Wir könnten bestimmt noch mehr herausfinden, weil wir mehr Möglichkeiten haben, andere zu befragen«, besänftigte Nathan sie und nahm Lucy in Schutz.

»Tut mir leid, wenn es so rüberkam, aber Nathan hat recht, irgendetwas müssen sie übersehen haben«, entschuldigte sich Lucy und sah dann zu Olivia und Liam: »Was habt ihr herausgefunden?«

Olivia schien erwartungsvoll zu sein, denn sie faltete die Hände zusammen und machte eine dramatische Pause, ehe sie mit einem kurzen Blick auf Liam zu berichten begann: »Wir haben so einiges herausgefunden. Die meisten Leute haben zwar nichts bemerkt, aber einige konnten uns ein paar nützliche Details geben. Nicks Nachbarin hat uns gesagt, dass sie ihn sehr häufig mit einer gewissen Jungengruppe gesehen hat.«

»Meinst du Jerry und die anderen? Aber ich dachte, das wüssten wir schon«, sprach Lucy verwirrt dazwischen.

»Ja, aber sie meinte, dass ihr Verhalten sehr auf Nick abgefärbt haben könnte. Er hat sich ein bisschen in ihre kriminellen Taten verwickeln lassen. Ladendiebstahl und so...«

»Vielleicht hatte er ja doch daran gedacht, zu verschwinden?«, warf Kathrin nachdenklich ein.

»Nein, weil, wisst ihr ... da war noch etwas anderes«, Olivia wurde ernst und in ihren Augen spiegelte sich Triumph. Was wollte sie ihnen sagen? Liam blickte sie warnend an, was sie aber gekonnt ignorierte.

»Sag schon, Liv! Was habt ihr noch herausgefunden?«, fragte Lucy ungeduldig.

»Als wir in deiner Straße waren. Du kennst doch dieses vorletzte Haus am Ende der Straße. Ich meine nicht Nr. 33. Fünfzig Meter davor wohnt eine kleine Familie. Und der Mann konnte uns etwas Wichtiges sagen. Er hat Nick einen Tag vor seinem Verschwinden gesehen, das glaubt er zumindest, er ist sich nicht sicher, aber ich bin es! Zuletzt war er bei Jerrys Gruppe. Er hat sie in seinem näheren Umfeld gehört. Er meinte, sie haben ihn nicht schlafen lassen, weil sie herumgeschrien haben.«

9

»Du meinst Jerry und seine Clique könnten tatsächlich etwas mit seinem Verschwinden zu tun haben?«, fragte Lucy und ihre Stimme wurde fast schrill am Ende des Satzes, »Natürlich! Alles läuft darauf hinaus! Das erklärt so einiges!«, redete sie weiter, ohne eine Antwort abzuwarten.

»Woher wollt ihr das wissen? Der Mann war sich nicht einmal sicher!«, funkte Liam dazwischen.

»Ich bin mir aber sicher«, sagte Olivia mit einem genervten Blick in Liams Richtung, »Wo soll er denn sonst deiner Ansicht nach gewesen sein, hm?«

Liam schwieg nachdenklich. Offenbar wollte er nur nichts mit Jerry zu tun haben.

»Wenn er sich ihrer Clique angeschlossen hat, dann ist es sehr wahrscheinlich, dass er noch einen Tag vorher mit ihnen unterwegs war«, schlussfolgerte Lucy.

»Du meinst am Tag seines Verschwindens. Es war erst ein Tag später populär, dass er nicht nach Hause gekommen ist«, verbesserte sie Nathan.

»Ich glaube, ihr habt recht«, gab Kathrin nun auch nach.

»Natürlich! Es kann keine andere Erklärung geben! Sie müssen etwas mit seinem Verschwinden zu tun haben!«, rief Lucy aufgeregt.

»Und was sollen wir jetzt machen? Einfach so zu Jerry gehen und ihn fragen: Jo, was weißt du über Nicks Verschwinden, du warst doch einer der Letzten, die ihn gesehen haben?«, gab Liam sarkastisch von sich.

Doch Lucy ließ sich von seinem Missmut nicht unterkriegen. Sie blickte in die Runde und sagte dann entschlossen: »Ja. Genauso machen wir es.«

»Spinnst du? Das war nicht ernst gemeint!«, widersprach Liam sofort.

»Wie sollen wir das denn machen? Die reißen uns den Kopf ab, wenn die wirklich etwas damit zu tun haben. Wenn ihr mich fragt, dann sind die schon ziemlich gefährlich«, stimmte Kathrin zu.

»Leute, kommt schon. Wollen wir uns etwa von denen unterdrücken lassen? Die tun doch nur so als wären sie die Mafiabosse an der Schule, aber wir sind zu fünft und sie nur zu viert«, unterstützte Nathan Lucy.

»Überzeugende Rede, aber du hast eine Sache vergessen, Sherlock«, gab Olivia zu bedenken, »sie sind viel stärker als wir.«

»Körperlich vielleicht schon, aber sind sie es auch geistlich? Wir brauchen einfach bessere Pläne. Wir müssen zeigen, dass wir viel schlauer sind als sie und uns nicht so einfach wie jeder andere unterkriegen lassen!«, sagte Lucy trotzig.

»Okay, aber wie wollen wir das anstellen? Wenn wir das so machen, dann brauchen wir auch einen sehr guten Plan«, riet Kathrin nun.

Auch Liam hatte offenbar wieder seinen Mut zurückgefunden: »Wir müssen sie irgendwie überlisten.«

Nachdenklich saßen sie da, bis Lucy eine Idee kam: »Warte mal, du meintest, der Mann habe gesagt, sie hätten in seinem Umkreis geschrien? Er wohnt doch neben dem

Haus Nr. 33. Was wäre, wenn ...«

»Das habe ich mich auch schon gefragt«, unterbrach sie Olivia nachdenklich.

»Leute jetzt übertreibt ihr aber«, sagte Nathan belustigt.

»Nein, das kann sein. Du weißt nicht, was Lucy dort passiert ist, stimmts Lucy?«

»Ich bin mir selbst nicht mehr sicher. Ich glaube zwar, ich habe es mir nur eingebildet, aber...«

Nachdem sie Nathan und Liam die von ihr erlebte Geschichte erzählt hatte, verfiel die Gruppe in Schweigen.

»Nein, es hat wahrscheinlich nichts damit zu tun. Das musst du dir eingebildet haben«, ergriff Liam das Wort.

»Ich wünschte, ich hätte es mir eingebildet, aber egal wer oder was dort war, irgendetwas stimmt da nicht bei diesem Haus«, meinte Lucy, während ihr ein kalter Schauder den Rücken runter lief.

»Ja, du hast recht. Ich fühle mich auch immer unwohl, wenn ich in der Nähe von diesem verlassenen Haus bin. Vielleicht lebt dort ein Kindermörder!«, schloss Kathrin sich an.

»Dann steht es wohl fest, dass wir Jerry zur Rede stellen müssen, oder?«, fasste Nathan den Schluss.

»Ja, das steht fest. Wir müssen nur noch überlegen wie«, stimmte Lucy zu.

Die anderen nickten, eingeschlossen Liam. Er hatte wohl auch begriffen, dass kein Weg daran vorbeiführte.

Am nächsten Montag wachte Lucy etwas später auf. Ihr Wecker hatte nun wahrscheinlich zum dritten Mal geklingelt und sie war sich sicher, dass es schon zu spät sein würde, um ihren Vater zu fragen, sie zur Schule zu bringen.

Nachdem sie im Bad war, nahm sie sich schnell ein T-Shirt aus ihrem Schrank, beschloss aber darüber, eine Strickjacke anzuziehen, denn langsam wandelte sich das Wetter. Der Herbst zeigte sich und die ersten fallenden Blätter vor ihrem Fenster machten ihr klar, dass ihr langsam die Zeit davonlief. Wenn sie es vor dem Winter nicht schaffen würden, Nicks Verschwinden aufzuklären, dann wäre die Sache erledigt. Der Schnee würde alle letzten Hinweise verschwinden lassen. Mit einem Blick auf die Uhr beschloss sie, dass es Zeit war, Amelie zu wecken. Nachdem sie dies erledigt hatte, ging sie in die Küche, um das Frühstück vorzubereiten und ihnen ihr Essen für die Schule einzupacken. Als sie fertig war, kam auch Amy runter und nachdem sie gegessen hatten, gingen sie los. Gerade noch pünktlich. Sie brachte Amy zur Grundschule, wünschte ihr viel Spaß und ging dann selbst weiter zu ihrer Schule. Ein Glück, dass die Grundschule auf dem Weg lag. An ihrer eigenen Schule angekommen, machte sie sich sofort auf den Weg ins Klassenzimmer, dabei kamen ihr Aron und Jason entgegen, die Mitläufer von Jerry. Lucy schluckte ihren Abscheu herunter und schritt, ohne sie eines Blickes zu würdigen, an ihnen vorbei. Sie würde schon noch herausfinden, was sie mit Nick zu tun gehabt hatten.

Vor der Klasse warteten bereits Liam, Kathrin und Olivia.

»Hi, wie gehts?«, wurde sie sofort von Olivia gefragt, als sie sich zu ihnen gesellte.

»Gut und euch?«

»Auch gut. Nathan kommt bisschen später. Er hat den Bus verpasst«, teilte ihr Olivia die Nachricht mit.

In den Pausen, Nathan hatte es glücklicherweise fast doch noch pünktlich zur ersten Stunde geschafft, schien jeder mit seinen eigenen Gedanken beschäftigt zu sein, alle am Grübeln, was sie jetzt im Fall Nick unternehmen würden. Lucy war bereits überzeugt, dass es an diesem Tag nichts mehr aus ›wir stellen Jerry zu Rede‹ werden würde, als sie mit Olivia und Kathrin die Stufen vor dem Haupteingang ihrer Schule herabstieg.

»Und was macht ihr heute so?«, fragte Lucy beiläufig, während Kathrin und sie auf Liam warteten, um den Heimweg zu Fuß anzutreten und Olivia auf Nathan wartete, um mit ihm gemeinsam Bus zu fahren. Die beiden Jungen hatten noch kurz etwas erledigen wollen, hatten sie ihnen zugerufen, als sie zum Klassenraum der Parallelklasse gegangen waren, um dort nach Liams Jacke zu suchen, die er am gestrigen Tage verloren hatte. Sie hatten Glück, dass der Schulbus etwas später fuhr, sonst hätte Nathan ihn wahrscheinlich zum zweiten Mal an diesem Tag verpasst.

»Also, falls du meinst, ob wir heute schon etwas vorhaben. Ich eigentlich nicht, außer mir Gedanken um unsere Pläne zu machen«, meinte Olivia und fuhr sich durch ihre gelockten Haare. Mittlerweile waren sie schon am Ende des Schulhofes, wo die Fahrradständer waren. Sie wollten ungefähr fünfzig Meter weiter vor der Bushaltestelle auf Nathan und Liam warten.

Kathrin wollte gerade ebenfalls antworten, als sie jemand grob anrempelte. Sie kam ins Stolpern und fiel beinahe, konnte sich im letzten Moment jedoch noch fangen. Aber leider konnte sie dabei nicht verhindern, dass ihre Brille unsanft vor ihr auf den Boden fiel.

Olivia half ihr, indem sie ihre Brille schnell wieder aufhob, während Lucy nach dem Unruhestifter sah. Natürlich war es niemand anderes als Jerry Cavanaugh gewesen, der Kathrin zum zweiten Mal, seit Lucys Ankunft absichtlich geschubst hatte.

Und das war auch der Zeitpunkt, an dem Lucy der Kragen endgültig platzte. Was bildete sich der eigentlich ein? Sie lief rot an vor Wut, als sich Jerry umdrehte, der ein fieses Grinsen auf den Lippen trug.

»Ups. Das tut mir aber leid. Das wollte ich doch gar nicht!«, behauptete er mit spöttischem und sarkastischem Unterton in seiner Stimme.

Und ab da sah Lucy nur noch rot. Sie machte einen Schritt auf den viel größeren Jungen zu bis sie direkt vor ihm stand.

»Sag mal, bist du eigentlich vollkommen bescheuert? Das war aus Versehen? Das glaubst du doch selbst nicht! Kannst du uns nicht einmal in Ruhe lassen?«, fuhr sie ihn, ohne zu zögern, an. Die Worte sprudelten nur so aus ihr heraus, ehe sie bemerkte, was sie da gerade überhaupt gesagt hatte und vor wem sie hier gerade stand. Aber es war schon wieder zu spät. Ihr Temperament hatte erneut die Oberhand gewonnen.

»Du schon wieder«, zischte Jerry mit verengten Augen, »Du willst mir etwas befehlen?« Er sah auf sie herab und lachte spöttisch. Aus dem Augenwinkel bemerkte sie, wie seine Freunde bedrohlich näher rückten.

»Die denkt, sie könnte uns schlagen«, lachte nun auch Jordan.

Lucy reichte ein kurzer Blick auf ihn, um zu sehen, was für ein Rüpel er war. Groß und breit mit seiner Baseball-kappe im Gesicht. Aber sie sah ihm an, dass er nicht besonders klug zu sein schien. Er war zwar drei Jahre älter als sie, aber anscheinend mehrmals sitzen geblieben. Lucy behielt ihre Stellung. Wenn sie jetzt nachgeben würde, dann würde sie als schwach dastehen.

»Fasst sie oder meine Freunde noch einmal an und ihr werdet es bereuen!«, schrie sie zu ihnen.

»Deine Freunde?«, Jerry machte eine abfällige Handbewegung in Richtung Olivia und Kathrin.

»Ja, ihre Freunde«, ertönte plötzlich Nathans Stimme. Er und Liam waren gekommen und hatten sich hinter den Mädchen aufgebaut, was Lucy ein kurzer Blick nach hinten sagte. Nun waren sie zu fünft und Jerrys Gruppe nur zu viert. Sie waren zwar stärker, aber Lucy war klüger.

»Haha! Sieh dir das mal an! Die Loser sind wieder vereint!«, lachte Jerry und Jordan sowie Aron stimmten mit ein. Als Lucy einen Blick auf Jason warf, sah sie, dass dieser still im Hintergrund stand und sie nur warnend anblickte. Wollte er sie warnen? Wenn ja, dann war es zu spät. Lucy hatte sich schon entschieden, dass sie nicht nachgeben würde.

»Die einzigen Loser hier, seid ihr!«, giftete Olivia sie an. Das gab Lucy Rückendeckung. Ihre Freunde standen hinter ihr.

»Verschwindet!«, rief nun auch Kathrin wütend.

»Hast du was gesagt, Brillenschlange?«, stichelte Jordan.

Das gab Lucy den Rest. Wütend holte sie aus und schlug zu. Sie traf Jerry im Bauch und der Schlag war nicht gerade zimperlich gewesen. Lucy war kräftiger, als sie aussah. Jerry knickte etwas ein und hielt sich den Bauch. Aron zog scharf die Luft ein. Wütend richtete sich Jerry wieder auf.

»Ich habe dich schon einmal gewarnt«, sprach er mit

stoischer Gelassenheit, »noch einmal werde ich mich nicht wiederholen. Entweder ihr verschwindet jetzt auf der Stelle oder ihr werdet es bereuen, uns jemals gekannt zu haben. Ich werde mich doch nicht von einem Mädchen schlagen lassen!«, sprach er seine letzte Drohung aus und blickte sie wütend an.

Kathrin schien eingeschüchtert zu sein, sie zog an Olivias T-Shirt zum Zeichen, dass sie gehen sollten.

Nathan trat zu Lucy vor und wollte sie dazu drängen zu gehen, doch sie machte sich los und blickte Jerry in die Augen.

»Was wisst ihr über Nick?«, die Worte waren ihr einfach so herausgerutscht. Sie hatte sich nicht an die Abmachung mit ihren Freunden gehalten. Wie denn auch? Sie war gerade so wütend, dass ihr alles egal war.

»Geht dich nichts an«, zischte Jerry kalt.

»Das geht mich wohl etwas an! Ihr wart die letzten, die ihn gesehen haben, stimmt's? Ihr wart an seinem Verschwinden beteiligt! Ihr wisst genau, was passiert ist!«

Damit hatte sie einen Punkt getroffen, das wusste Lucy. Sie sah es an ihren Gesichtern. Sie wussten, was mit Nick passiert war.

»Ich sagte, dass dich das verdammt noch mal nichts angeht!«, Jerry machte einen Schritt auf sie zu, »Er war genauso ein Loser wie ihr, das ist alles!«, rief er.

»Geht lieber zurück zu euren Eltern, ihr Babys!«, stimmte Jordan mit ein. Lucy ballte ihre Hände wütend zu Fäusten, als Jerry einen Schritt vormachte und sie wegschubste. Doch bevor sie eingreifen konnte, hatte Nathan Jerry ebenfalls geschubst.

»Hey! Was ist da los? Sofort auseinander!«, ertönte die

Stimme eines Lehrers, der angerannt kam.

Jerry schlug Nathan seine Faust ins Gesicht. Dieser stolperte zurück, wollte sich aber sofort wieder zur Wehr setzen, als der Lehrer dazwischenfunkte: »Was ist hier los? Sofort aufhören.«

»Die Kinder dort haben angefangen!«, beschuldigte Jerry sie.

»Stimmt gar nicht! Ihr habt uns zuerst belästigt!«, feuerte Lucy zurück.

Jerry wollte sich wütend am Lehrer vorbeiquetschen, um ihr eine zu verpassen, doch der Lehrer hielt ihn zurück: »Jerry Cavanaugh! Wirst du wohl aufhören?«

Doch Jerry dachte nicht daran. Nun waren sie endgültig auf seiner Abschussliste. Wütend und außer Atem starrten sich die Gruppen an.

»Ihr verlasst jetzt das Schulgelände, ohne euch vorher in Fetzen zu reißen!«, wandte sich der Lehrer an Jerry, doch dieser wollte ihn zurück schubsen.

Jason sprang plötzlich vor und half dem Lehrer, Jerry zu fixieren.

»Ey, bist du bescheuert? Lass das!«, fuhr Jerry ihn an, doch Jason ignorierte ihn. Offenbar waren nicht alle von ihnen Idioten. Seine Freunde zerrten Jerry weg, dieser blickte über die Schulter zu ihnen.

»Das werde ich nicht vergessen, Lucy, ihr werdet schon noch sehen, was ihr davon habt ihr Loser!«, rief er ihnen hinterher.

»Also, was war hier los?«, wollte sich der Lehrer an sie wenden, doch Lucy hatte keine Lust, es ihm zu erklären. Sie hatten sowieso keinen Unterricht mit ihm, klar er hatte sie so gesehen verteidigt, aber wahrscheinlich auch nur, weil

Jerry in der Schule mehr als einmal negativ aufgefallen war. Sie sah ihn kurz wortlos an und gab ihren Freunden dann per Augenkontakt das Zeichen, dass sie verschwinden sollten.

10

»Fuck! Was war das denn?«, fluchte Liam, als sie das Schulgelände verlassen hatten.

»Ich hasse sie«, stimmte Kathrin mit ein, »Meine Brille ist ihretwegen fast kaputtgegangen.«

»Sie wollen uns nicht sagen, was sie über Nick wissen«, meinte Olivia wütend, »das heißt, das war ein totaler Misserfolg.«

»Es tut mir leid, das war alles meine Schuld«, meinte Lucy mit hängendem Kopf.

»Das war nicht deine Schuld. Diese Idioten haben uns zuerst belästigt. Dafür kannst du nichts«, protestierte Olivia sofort.

»Ich hätte sie nicht fragen sollen. Jetzt werden wir es erst recht nicht erfahren. Außerdem hat Nathan jetzt ein blaues Auge«, sie sah zu ihm, doch er winkte ab.

»Alles gut. Er hatte kein recht, unsere Freundin zu schubsen.«

»Und Kathrins Brille-«, fuhr Lucy fort, ohne auf ihn einzugehen.

Kathrin schüttelte den Kopf.

»Sie hat ein paar Kratzer. Aber immerhin ist sie nicht ganz kaputt«, sagte sie möglichst abfällig, damit Lucy sich nicht schuldig fühlte.

»Aber wissen tun wir jetzt nicht, was sie mit Nicks Verschwinden zu tun haben«, sagte Liam als Olivia und Nathan sich von ihnen trennten, um zur Bushaltestelle zu gehen.

»Leider«, stimmte Lucy mit ein, dann verabschiedete sie sich von ihnen.

Lucy holte Amy ab, die sich schon ungeduldig auf die Mauer neben ihrem Treffpunkt gesetzt hatte, und sie gingen nach Hause.

Sie stellte Wasser auf den Herd, um ihnen etwas zu Essen zu kochen. Ihr Vater arbeitete lange und daher hatte sie mit dem Einzug in Kauf nehmen müssen, sich mehr, um ihre kleine Schwester zu kümmern. Als ihr Handy vibrierte, sah sie auf. Nathan hatte ihr ein Bild von seinem, mittlerweile blau angeschwollenen, Auge geschickt. Wollte er etwa, dass sie sich noch schuldig fühlte als ohnehin schon? Wahrscheinlich nicht, aber sie entschuldigte sich trotzdem noch einmal. Das brachte ihr wieder die Gedanken über den Fall zurück. Was hatten Jerry und die anderen mit Nick zu tun gehabt? Sie hatte ihre Reaktion selbst gesehen, als sie sie damit konfrontiert hatte. Sie mussten etwas wissen. Doch wie sollten sie das herausbekommen?

Am nächsten Tag beschloss Lucy, nach der Schule einkaufen zu gehen, um ihren Vater wieder etwas zu entlasten. Das kam in letzter Zeit schließlich häufig vor, da dieser gerade länger arbeiten wollte, um auf einen Urlaub mit ihnen zu sparen. Sie betrat einen der Supermärkte in ihrem Ort und kaufte die nötigen Sachen ein. Nachdem sie bezahlt hatte, verstaute sie ihren Einkauf und machte sich auf den Weg nach Hause. Doch als sie an den verschiedenen Mülleimern am Ausgang einige Glasflaschen entsorgte und auf die Pinnwand über ihr an der Wand blickte, an der einige wichtige Informationen zum Laden standen, fiel ihr etwas auf. Bekannte Namen standen unter der Überschrift »Hausverbot«:

Jerry Cavanaugh, Jordan Doyle, Aron Dunne, Jason Donnelly...

Kein Wunder. Sie hatten schließlich erfahren, dass sie schon mal versucht hatten zu stehlen oder dergleichen. Und nach der Aktion am gestrigen Tag wunderte Lucy sich nicht sonderlich.

Sie wollte gerade in eine Gasse einbiegen, die zum Wald am Ende ihrer Straße führte, da sah sie zufällig altbekannte Gesichter in genau jener Gasse. Schnell lief sie daran vorbei. Auf diese Personen hatte sie gerade absolut keine Lust. In mutiger Weise hatte sie sich nämlich entschlossen, doch ihren früheren Lieblingsweg vorbei an dem Haus Nr. 33 zu gehen. Sie hatte sich eingeredet, dass das, was sie dort gesehen hatte, nicht echt gewesen war.

»Lucy! Lucy, warte!«, rief ihr jemand hinterher. Sie blickte verwirrt nach hinten, in der Hoffnung, dass sie nicht entdeckt wurde und zu ihrer Enttäuschung war es Jason, der ihr hinterherlief. Seine Freunde hatten irgendetwas Genervtes von sich gegeben und waren weitergegangen.

Ihre Miene verfinsterte sich augenblicklich.

»Was willst du von mir?«, fuhr sie ihn gereizt an, als er vor ihr stehen blieb, »Wo sind deine Freunde? Kommt schon, überfallt mich!«, blaffte sie gespielt.

»Was? Nein. Hör zu, tut mir echt leid für dich, gestern! Ich wollte das ehrlich nicht«, begann er.

Doch er wurde von Lucy unterbrochen: »Ja genau! Aha.« Wieso sollte sie ihm ausgerechnet das glauben?

»Ehrlich. Ich bin nicht so wie die anderen. Ich stehe nicht immer hinter Jerry, weißt du...«.

Mit kalter Miene hörte sie ihm zu. Worauf wollte er hinaus? Vielleicht war er Jerry nicht treu. Aber was brachte das ihr jetzt? Was geschehen war, war geschehen.

»Ach man! Ich halte das nicht mehr aus!«

»Was? Was hältst du nicht mehr aus?«, fragte sie nun noch genervter.

»Lucy, i-ich weiß, was mit Nick passiert ist!«

»Was?«, entfuhr es Lucy weitaus lauter, als sie gewollt hatte, »Du lügst doch!«

»Nein, man, wieso sollte ich?«, er blickte sich durchdringend an.

»Weil«, begann sie, »weil du zu der Clique von Jerry gehörst! Ihr seid alle Idioten!«, entfuhr es ihr unüberlegt. Es war zwar nicht das beste Argument, aber etwas anderes war ihr in dem Moment nicht eingefallen.

»Hör mal. Du hast doch selbst gesagt, dass wir die Letzten waren, die ihn gesehen haben und das kann ich bezeugen«, redete er auf sie ein und kam einen Schritt näher. Nun sah sie ihn das erste Mal aus nächster Nähe. Er hatte dunkelbraune Haare, die ihn über die Stirn fielen. Seine Augen waren ebenfalls sehr dunkel, aber er schien nicht so bedrohlich wie Jerry oder Jordan. Trotzdem trat sie instinktiv einen Schritt zurück.

»Und wieso solltest du das ausgerechnet mir erzählen?«, sie würde nicht lockerlassen, denn sie traute diesem Jungen kein Stück.

»Weil ich es einfach nicht mehr aushalte! Du weißt nicht, was das für eine Last ist! Fast der Einzige zu sein, der es weiß. Du hast es verdient, es zu wissen«, meinte er beklemmend und seine Miene änderte sich.

»Gut. Ich glaube dir. Sag mir, was passiert ist!«, forderte Lucy nun.

»Nein, hier geht das nicht. Wir müssen uns irgendwo ungestört treffen. Dann sage ich es euch allen.«

Trotz ihrer Ungeduld nickte sie, denn ihr Bauchgefühl sagte ihr, dass die Geschichte nicht gerade kurz war.

»Also gut. Aber wo? Ich nehme an, du möchtest nicht, dass Jerry davon erfährt.«

»Nein, lieber nicht. Sonst bin ich dran. Am besten treffen wir uns am Bach hinter den Feldern, wo der Wald anfängt. Dort sollten wir ungestört sein. Morgen, 17 Uhr.«

Lucy kniff ihre Augen kurz zusammen und blickte ihm dann prüfend ins Gesicht.

»Okay. Bis morgen«, meinte sie, dann machte sie auf dem Absatz kehrt und ging nach Hause.

11

Am nächsten Tag war es so weit. Endlich würden sie erfahren, was mit Nick passiert war. Lucy hatte es ihren Freunden sofort mit einer Nachricht mitgeteilt, sodass sie nun Bescheid wussten. Zwar hatten diese mit Skepsis reagiert und das konnte sie ihnen auch nicht übel nehmen. Wieso sollten sie ausgerechnet Jason vertrauen? Er war schließlich Mitglied von Jerrys hirnloser Gruppe. Aber etwas in Jasons Augen hatte Lucy gesagt, dass er die Wahrheit sagen würde. War es komisch, wenn sie behaupten würde, sie hätte es gespürt? Wahrscheinlich. Auf dem Weg zum Treffpunkt waren ihre Freunde spätestens bis zu dem Haus Nr. 33 alle dazugestoßen.

»Woher wissen wir, dass das keine Falle ist?«, fragte Liam misstrauisch.

»Frage ich mich auch. Ich traue Jason kein bisschen. Wetten, wenn wir da sind, werden sie uns schon umzingelt haben?«, stimmte Olivia zu.

»Leute! Ich glaube nicht, dass er das tun würde. Dafür war er zu ernst«, schaltete Lucy dazwischen, die sich das nicht länger anhören konnte.

»Also vertraust du ihm. Bist du dir sicher?«, fragte Olivia.

»Ja, das bin ich«, sagte Lucy mit fester Stimme.

Doch als sie am Treffpunkt angekommen waren und weit und breit keine Spur von Jason zu sehen war, verließ sie ihre

Entschlossenheit allmählich. Konnte es sein, dass sie sich geirrt hatte? Vielleicht hatte Jason sie doch nur an der Nase herumgeführt.

»Und? Wo ist er? Ich sehe ihn nicht!«, meinte Liam gereizt, als schon einige Minuten vergangen waren.

»Er kommt bestimmt gleich. Vielleicht sind wir zu früh«, kam Olivia Lucy zu Hilfe.

Dankbar sah sie ihre Freundin an.

Langsam wurde es spät.

»Wahrscheinlich kommt er gar nicht. Oder wir wurden doch in eine Falle gelockt!«, sagte nun auch Nathan und schüttelte den Kopf. Doch plötzlich knackten hinter ihnen einige Zweige und Lucy hörte Jasons Stimme.

»Ach ja? Seht ihr hier noch wen, außer mir?«, Lucy drehte sich erschrocken um. Jason kam hinter einem Baum zum Vorschein.

»Wie lange bist du da schon?«, fuhr sie ihn an.

»Beruhig dich. Ich bin gerade erst gekommen. Tut mir leid für die Verspätung, ich hatte noch etwas zu tun.«

Nathan baute sich leicht bedrohlich neben Lucy auf.

»Und? Was hast du uns zu sagen?«, fragte er provokant. Das Misstrauen in seiner Stimme war nicht zu überhören. Auch die anderen sahen ihn nun feindselig an. Nur Lucy nicht. Was sollte das bringen? Sie waren sowieso in der Überzahl und sie waren schließlich nur zum Reden gekommen. Auch Jason schien das wohl zu stören.

»Wieso so feindselig? Immerhin bin ich hier, um euch alles zu erzählen, was ich weiß. Ihr solltet mir dankbar sein!«, sagte er beleidigt.

»Tut uns leid«, sagte Lucy sofort mit einem vorwurfsvollen Blick zu ihren Freunden. Nathan gab schließlich nach.

»Ja, sorry. Ich kann nicht glauben, dass du es tatsächlich weißt und es uns gegen Jerrys Willen sagst ... und das davon nicht mal die Polizei weiß«, meinte er und ließ sich auf dem Boden nieder ohne sich um den Dreck zu scheren. Die anderen taten es ihm gleich. Auch Jason.

»Denkt ihr, ich habe das gerne gemacht? Es ist schrecklich. Ich habe fast einen Mord gesehen und kann es niemanden sagen.«

»Aber uns sagst du es. Wir kümmern uns darum. Und du ...«, sagte Nathan, doch Lucy unterbrach ihn: »Fast einen Mord? Was soll das heißen?«

»Es tut mir echt leid für euch, aber ich denke nicht, dass Nick noch am Leben ist, nach...«.

»Fang am besten von vorne an«, schlug Olivia vor und Jason nickte.

»Es war ein Tag, bevor er offiziell als verschwunden gemeldet wurde. Ihr wisst ja, dass Nick in unsere Clique wollte, aber das geht nicht so einfach. Wir machen vorher immer eine Mutprobe.«

Kathrin schüttelte den Kopf, sagte aber nichts. Die anderen sahen Jason an, damit er weiterredete.

»E-er musste in das Haus Nr. 33. Ihr wisst schon. Das berühmte Geisterhaus am Ende der Straße.«

»Was?«, platzte Lucy dazwischen. Sie hatte also recht gehabt mit ihrer Vermutung, dass das Haus etwas damit zu tun hatte.

Nathan legte ihr eine Hand auf die Schulter, damit sie sich beruhigte. Widerwillig lehnte sie sich wieder zurück.

»...Und dort seinen Namen an eine der Wände sprühen.

In dem Raum neben der Haustür. Da wo das linke Fenster ist«, fuhr er fort und schwieg dann kurz, die anderen sahen ihn nur schweigend und abwartend an. Sie wollten wissen, was dann passiert war, ohne ihn zu unterbrechen.

»Wir waren so lange draußen. Jordan stand Wache an der Tür. Als er fertig war, wollte Jordan ihm die Tür aufmachen, aber Jerry hat ihn daran gehindert. Er wollte ihn etwas erschrecken und meinte, er soll einen anderen Weg finden. Ich habe mir nichts dabei gedacht. Was sollte schon passieren. Hätte ich es vorher gewusst, dann ...«

»Was ist passiert?«, Lucy verlor erneut die Beherrschung.

»Er meinte, dort wäre jemand mit ihm. Die anderen fanden das immer noch lustig, aber ich nicht. Ich dachte, dass es vielleicht einer von diesen Obdachlosen sein könnte oder jemand Gefährliches. I-ich habe gehört, wie Nick an die Tür gehämmert hat. Ich dachte schon, gleich stürzt sie ein, aber leider nicht. Die anderen haben sie weiter blockiert. Sie dachten, es wäre ein Scherz und Nick übertreibt, aber ich habe gespürt, dass etwas dort falsch war. Das Haus ist bösartig. Ich habe es einfach gespürt. Jemand war dort.«

»Das stimmt. Ich bin auch schon oft daran vorbeigegangen und hatte Angst, dass dort etwas war«, gab Kathrin schließlich zu. Die anderen nickten.

»Ja, es ist unheimlich. Ich habe schon einige Gerüchte in der Schule gehört«, meinte auch Olivia. Lucy war sprachlos.

»Dann habe ich plötzlich ein lautes Krachen gehört und gesehen wie er das Fenster neben der Tür eingeschlagen hat. Und ab da, haben, glaube ich, alle kapiert, dass es Ernst war.

Ich wollte ihm ehrlich helfen und habe versucht, ihn durch das Fenster zu ziehen. Aber sie haben mir nicht geholfen. Der Verfolger hat Nick ... er hat ihn zurückgezogen und seine Hände sind mir entglitten. Ich konnte ihn nicht mehr halten. Ich habe es versucht, aber ich habe es nicht geschafft. Dann hat Jerry uns befohlen, dass wir wegrennen sollen. Ich wollte nicht. Ich wollte dableiben und ihm helfen, aber ich dachte, was ist, wenn es noch mehr von denen gibt. Dann sind wir weggerannt und ... ich habe nur noch seine Schreie gehört, die dann plötzlich aufgehört haben«, Jasons Stimme hatte sich fast überschlagen in den letzten Sätzen, so schnell hatte er geredet. Nun hatte er seinen Kopf zwischen seinen Armen verborgen. Wahrscheinlich versuchte er, schreckliche Bilder zu verdrängen. Aber Lucy achtete nicht mehr auf ihn. Sie sah nur noch, wie die Bäume sich um sie drehten.

Dann war Nick also tot? Sie kippte zur Seite und spürte, wie ihr die ersten heißen Tränen die Wange herunterliefen. Und dann konnte sie kaum etwas Weiteres fühlen. Nicht ihre Freunde, die sie rüttelten, nicht wie Olivia ebenfalls in Tränen ausbrach. Sie spürte nur die Kälte, die sie mit einem Mal umgab. Die Kälte, die an ihr hinaufkroch. Und das Zittern, das sie verursachte. Sie war wie leer. Wie konnte so etwas nur passieren? Und wieso ausgerechnet hier in Doolin? Welcher Mensch tat so etwas und was hatte Nick ihnen getan? Was hatte dieser Mensch mit ihm gemacht?

Zwar war es erleichternd, dass sie nun wussten, was passiert war, aber es änderte nichts an dem Verlust. Lucy öffnete ihre Augen und versuchte sich die Tränen, aus den Augen zu reiben. Einige Minuten saßen sie einfach so da. Lucy und Olivia waren kurz vor dem erneuten Weinen und die anderen starrten regungslos auf den Boden. Selbst Jason wirkte ziemlich betreten. Auch, wenn er nicht sein richtiger Freund gewesen war. Er hatte Nick nicht so wie sie gekannt, aber trotzdem war es einfach schlimm für ihn, das mit ansehen zu müssen. Für jeden war es schlimm. Gewiss. Aber, wenn es selbst für sie schon so schlimm war, wie musste es dann für Mr. und Mrs. Matthews sein, die nicht einmal wussten, was mit ihrem Sohn passiert war. Sie hatten überhaupt keine Ahnung. Für sie war er vielleicht schon tot oder sie glaubten noch daran, dass er wieder zurückkommen würde.

Da fiel ihr wieder ein, wie Nathan ihr eines Tages gesagt hatte, dass sie seine Eltern besucht hatten. Er meinte, sie schienen hoffnungslos, denn die Polizei hatte schließlich kaum Spuren. Konnte es sein, dass sie ihn schon aufgegeben hatten? Ihr fiel auf, dass sie seine Eltern noch gar nicht besucht hatte. Sie zuckte zusammen. Wie hatte sie das vergessen können? Vielleicht hatte sie es auch nicht vergessen. Vielleicht traute sie sich auch nicht. Was gab es denn bitte zu besprechen? Bringen würde es ihnen rein gar nichts. Aber trotzdem musste sie das nachholen. Denn seine Eltern taten ihr unfassbar leid. Mr. Und Mrs. Matthews waren immer so nett zu ihr gewesen. Nicht zu wissen, was mit dem eigenen Kind passiert ist, musste unglaublich schrecklich sein. Aus Sicht der Polizei war Nick entweder tot oder weggelaufen. Ein hoffnungsloser Fall. Wie all die anderen ungelösten Fälle in Doolin. Wenn sie so darüber nachdachte, gab es da eigentlich nicht gerade wenige. Aber ob sie etwas mit Nicks Verschwinden zu tun hatten, war fraglich. Sie hatte sich nun in die Lage der Polizisten und der Eltern von Nick versetzt.

Was war eigentlich mit ihr? War Nick für sie nach den Worten, die sie eben gehört hatte, schon tot? Hatte sie ihn gerade eben auch wie alle anderen aufgegeben?

12

Es war Nathan, der schließlich wieder den Blick hob und hustete. Er sah kurz in die Runde. Lucy blickte zurück. Sie konnte Trauer in seinen blauen Augen sehen. Er strich sich seine hellbraunen Haare aus dem Gesicht und blickte sie dann an.

»Und was jetzt?«, fragte er mit heiserer Stimme.

Liam schien sich ebenfalls wieder etwas gefasst zu haben: »Ich glaube es einfach nicht. Ihr hattet recht. Die ganze Zeit. Es hatte etwas mit diesem blöden Haus zu tun! Und ich wollte euch nicht einmal glauben!«, fluchte er frustriert.

»Wir werden ihn nie wiedersehen!«, schluchzte Olivia.

»Es war ein Fehler von der Polizei, dass sie die Häuser nicht gründlicher untersucht haben. Vielleicht hätten sie ihn noch gefunden«, gab auch Kathrin zu und schniefte. Das erste Mal schien sie nicht hinter der Polizei und ihrem Onkel zu stehen.

»Nun, wie sollen wir das der Polizei erklären? Wir müssen irgendwie eine Trauerfeier oder so abhalten«, meinte Nathan schließlich und kickte betreten einen Stein weg. Während sie angeschlagen diskutierten, blickte Jason unschlüssig zwischen ihnen her. Man sah ihm an, dass er sich nicht gerade wohlfühlte, doch niemand schien ihn zu beachten.

Nathans Aussage war zu viel für Lucy. Sie hatte ihren Entschluss gefasst.

»Ihr redet über ihn, als wäre er schon tot!«, schrie sie wütend, »Dabei wisst ihr das gar nicht! Er kann noch leben! Und ihr denkt schon an seine Beerdigung?«, fauchte sie und blickte in die Runde. Ihre Augen waren gerötet, ihre Haare, die zu einem Pferdeschwanz gebunden waren, zerzaust. Sie machte nicht gerade einen gefassten Eindruck.

»Lucy, was soll denn sonst passiert sein?«, versuchte Nathan sie sanft zu beruhigen, »Es ist das Wahrscheinlichste. Wir können nichts anderes machen.«

Aber Lucy hörte ihm gar nicht mehr zu. Sie stand auf und blickte entschlossen in die Richtung, in der sich das Haus befand.

»Gar nichts wissen wir!«, wiederholte sie, »Wir werden selbst suchen! Niemand sagt etwas der Polizei oder überhaupt jemand anderem, bevor wir nicht weiter überlegt haben, was wir tun werden. Es wird uns sowieso niemand glauben und vielleicht sind wir die Einzigen, die ihn noch retten können!«

»Ähm«, räusperte sich Jason, »Ich möchte echt nicht stören, aber es ist echt unwahrscheinlich, dass die Polizei noch irgendetwas tun kann. Meines Wissens nach könnte es eine ganze Bande gewesen sein, die bestimmt schon längst weg ist oder denen nichts nachgewiesen werden kann. Also an eurer Stelle würde ich nicht mal mehr in die Nähe von dieser Bruchbude gehen.«

»Aber wir können ihn doch nicht einfach vergessen!«, protestierte Lucy.

»Was wollt ihr denn sonst tun? Alles andere wäre nur zu leichtsinnig. Ich jedenfalls werde diesen Ort nicht mehr betreten«, sagte Jason und blickte zwischen die Baumwipfel in Richtung des Hauses, »und ich denke Jerry und die anderen auch nicht.«

»Das war klar. Immerhin wart ihr auch zu feige, um es der Polizei zu erzählen«, warf Olivia plötzlich ein und fixierte Jason mit einem kalten Blick.

Einen Moment lang starrten sich beide an. Die Spannung knisterte förmlich in der Luft.

Luca unterbrach sie, indem sie sich aufrappelte. »Danke, dass du uns die Wahrheit erzählt hast, aber ich muss jetzt los«, sagte sie plötzlich und mit diesen Worten strich sie sich die Blätter von der Hose und lief, ohne sich noch einmal umzudrehen und ihre Freunde anzusehen, schnurstracks nach Hause.

Die anderen wagten nicht, ihr hinterherzugehen. Lucy brauchte Zeit für sich. Ihre zurückgelassenen Freunde saßen einige Zeit still da und lauschten dem Rauschen der Blätter in den Bäumen. Ein kalter Wind wehte und die Stimmung war nun vollends gekippt. Ein Räuspern unterbrach schließlich die Stille.

»Ich, ähm ... gehe dann auch. Ich denke, ihr braucht Zeit zum Nachdenken oder so«, meinte Jason und verließ sie fluchtartig. Es war klar, dass er nichts sagen würde. Wenn Jerry das erfuhr, stand es nämlich schlecht für ihn, deswegen hinderte ihn niemand, auch Olivia hielt sich zurück.

Nur Nathan stand auf und rief ihm noch hinterher: »Danke!«

Lucy stürmte ungehalten in ihr Zimmer, knallte die Tür zu und schmiss sich ins Bett. Sofort liefen ihr die Tränen, an ihren Wangen herunter und sie vergrub ihren Kopf in ihren

Kissen. Wieso musste so etwas ausgerechnet ihr passieren? Ihr bester Freund wurde in einem verlassenen Haus in ihrer Straße entführt! Wie konnte das sein? War sie hier in einem Film, oder was? Was sollten sie denn jetzt machen? Der Mörder lief gewiss noch hier herum! Es konnte jeder sein! Denn niemand hatte der Polizei Bescheid gesagt und das Haus wurde nicht durchsucht. Aber Moment einmal ... wenn der Mörder doch wusste, dass jemand die Entführung gesehen hatte, dann, dann musste er schon längst über alle Berge sein. So, wie Jason es vermutete. Es sei denn, er konnte sich absolut sicher sein, dass die Beobachter nichts sagen würden. Doch wer konnte es sein? War es irgendein Kinderschänder? Gewiss niemand, den sie kannten. Wenn Jason ihnen alles richtig erzählt hatte und das musste er, Lucy konnte sich nicht vorstellen, dass er Lügen würde, dann hieß es, das Nick noch im verlassenen Haus entführt wurde, zwang sie sich zu denken. Sie durfte jetzt nicht auch noch selbst denken, dass er schon tot war. Denn wieso sollte das jemand tun? Es war definitiv nichts Geplantes gewesen, denn sie hatten die Mutprobe ja nicht Tage vorher geplant. Es musste plötzlich gewesen sein. Vielleicht hatte der Täter wegen irgendetwas Panik bekommen und in seiner Angst Nick mit sich gezogen, damit die anderen Angst bekamen und verschwanden. Aber was war dann mit Nick passiert? Egal, was sie sich ausmalte, es lief immer wieder darauf hinaus, dass Nick nicht mehr am Leben sein konnte. Andernfalls hätte es doch irgendein Lebenszeichen geben müssen.

Sie schluchzte in ihrer Verzweiflung laut auf. In was für einen Teufelskreis war sie hier bitte gelandet? Nein, sie würde nicht davon ausgehen, dass Nick tot war. Es konnte alles Mögliche passiert sein, nachdem er in das dunkle Innere des Hauses gezogen wurde. Und genau das musste sie ihren Freunden klarmachen. Sie rechneten einfach mit dem Schlimmsten, dabei wussten sie es genauso wenig wie Lucy. Aber würden sie nicht zur Polizei gehen? Jetzt erst mal nicht, dachte sie. Sie waren auch unter Schock und Lucy hatte es ihnen eingeschärft. Und was war, wenn Kathrin ihrem Onkel etwas sagte? Was war eigentlich so schlimm daran, es der Polizei zu sagen? Sie würden ermitteln, das Haus durchsuchen und mit großer Wahrscheinlichkeit etwas finden. Schließlich hatten sie Spürhunde und waren ausgebildet für so etwas. Nur, wer würde ihnen glauben? Ihnen, ein paar pubertierenden Teenagern, die behaupteten zu wissen, was mit ihrem vermissten Freund geschehen war. Aber vielleicht würde es etwas bringen. Sie seufzte geschlagen. Es war das Vernünftigste. Ihre Freunde hatten recht. Sie mussten das der Polizei überlassen. Auch, wenn es ihr schwerfiel. Denn eigentlich wollte sie lieber selbst ermitteln. Das wäre viel unauffälliger. Wenn die Polizei anfing, die Häuser zu durchsuchen, würde sich der Täter, falls er überhaupt noch da war, sofort aus dem Staub machen. Wenn sie allein ermitteln würden, könnten sie ihn auf frischer Tat ertappen. Ob früher auch schon etwas Derartiges im Haus passiert war? Sie bemerkte, dass sie sich zu sehr reingesteigert hatte, und setzte sich auf ihrem Bett auf. In den Spiegel wollte sie nun definitiv nicht gucken.

Am nächsten Tag war Lucy nicht zur Schule gegangen. Sie hatte ihrem Vater gesagt, es ginge ihr ziemlich schlecht und ihr Vater hatte ihr natürlich angesehen, dass etwas ganz und gar nicht stimmte, aber als er sie gefragt hatte und keine

Antwort erhalten hatte, hatte er es sein lassen und sie krankgemeldet. Lucy konnte einfach nirgendwo hingehen. Die Gefühle zerfraßen sie innerlich.

Gegen Nachmittag klingelte es plötzlich an der Tür. Lucy hörte aus ihrem Zimmer, wie ihr Vater die Tür öffnete, doch sie regte sich nicht und blieb weiterhin auf ihrem Bett sitzen. Erst als jemand an ihrer Zimmertür klopfte und hereinkam, wandte sie ihren Blick von der leeren Wand ab, auf die sie gedankenverloren gestarrt hatte. Es war Nathan.

»Du warst nicht in der Schule«, stellte er fest und blieb inmitten des Raumes stehen, um sie anzusehen.

»Nein. Ihr schon?«, erwiderte Lucy monoton.

»Es war schrecklich. Ich wünschte, ich wäre nicht gegangen«, seufzte Nathan und setzte sich schließlich neben sie.

Lucy erwiderte nichts. Sie dachte daran, wie sie ihm ihre Überlegungen sagen sollte.

Doch Nathan kam ihr zuvor: »Und jetzt? Sagen wir es der Polizei?«, stellte er die Frage in den Raum, die sie seit dem gestrigen Tage alle beschäftigte.

Lucy holte kurz Luft und antwortete dann: »Ich habe überlegt. Vielleicht war es dumm von mir, zu sagen, dass wir selbst etwas tun müssen. Ich denke, wir sollten zur Polizei gehen.«

Nathan sah sie überrascht an. »Also, du bist dir sicher?«

Lucy nickte: »Ja. Es ist so eine große Last. Wir wissen jetzt, was passiert ist und was sollen wir denn sonst machen? Wir sagen der Polizei alles, was wir wissen und dann kümmern sie sich darum. Ich halte das nicht mehr aus«, sagte sie kleinlaut.

Und es stimmte. Zwar hatte sie, was diese Sache anging immer noch ihre Befürchtungen, aber egal wie sie die Sache wendete. Es schien das Vernünftigste. Sie konnte dieses Geheimnis nicht mehr mit sich rumtragen. Die Welt sollte erfahren, was an jenem Tag passiert war. Jason hatte recht. Es war schrecklich, so etwas zu wissen. Sie mussten nachgeben. Die Verantwortung in die Hände von erfahrenden Leuten legen und nicht in ihren lassen. Sie waren einfache Teenager. Außerdem war sie es seinen Eltern schuldig. Andere Leute wären bestimmt, ohne zu zögern zur Polizei gegangen, aber Lucy war eigenwillig. Sie erledigte die Sachen lieber nach ihrem Kopf und schließlich war da auch noch Jerry. Was war, wenn er erfuhr, dass sie zur Polizei gegangen waren? Aber sie entfernte diesen Gedanken sofort wieder aus ihrem Kopf. Daran durfte sie jetzt nicht denken. Sie hatte sich schon entschlossen. Sie musste aufgeben.

13

Am nächsten Tag war Lucy unter dem besorgten Blick ihres Vaters zur Schule gegangen. Er wusste immer noch nicht, was passiert war, und Lucy war sich nicht sicher, ob und wie sie es ihm sagen könnte. Wie würde er reagieren? Er arbeitete hart in letzter Zeit für eine Beförderung und Lucy wollte ihm nicht noch unnötige Sorgen machen.

In der Schule war es schrecklich gewesen. Immer und immer wieder hatte sich das, was Jason ihnen erzählt hatte in ihrem Kopf abgespielt. Sie hatte sich kaum auf den Unterricht konzentrieren können, was ihren Lehrern natürlich nicht entgangen war. Wie auch, konnte sie im Unterricht aufpassen, wenn sie so etwas Schreckliches wusste?

Den anderen war es kaum anders ergangen. Sie hatten in der Schule fast kein Wort miteinander geredet. Lucy war Jason aus dem Weg gegangen. Er hatte ein paar Male versucht sie anzusprechen, aber sie hatte den Augenkontakt gemieden und sich schnell entfernt. Sie konnte ihm nicht in die Augen blicken. Niemandem von dieser Clique. Sie wusste nicht, ob sie wütend sein sollte, dass sie keine Hilfe geholt hatten geschweige denn, dass sie kein Wort an die Polizei verloren hatten, obwohl sie so viel wussten, oder ob sie einfach nur entsetzt darüber war, dass sie die letzten Menschen waren, die ihn gesehen hatten. Sie verstand die Welt nicht mehr.

Zusammen mit Nathan und Olivia hatten sie beschlossen,

am Nachmittag zur Polizei zu gehen. Liam und Kathrin meinten, sie könnten nicht, vielleicht hatten sie aber auch einfach keine Lust sich mit diesem Ereignis zu beschäftigen, sie wirkten verstört.

Schweigend ging sie zwischen ihren Freunden zur Polizeistation ihres Ortes, bis sie schließlich die Stille unterbrach: »Was sagen wir eigentlich?«

»Alles, was wir wissen, denke ich«, meinte Nathan gedankenverloren.

Olivia nickte nur, erwiderte aber nichts.

Als sie schließlich das Polizeirevier betreten hatten, sahen sie sich an und Nathan begann zu sprechen: »Wir sind hier wegen-«

»Nick Matthews«, unterbrach Olivia, als Nathans Stimme versagte, »Wir ... wir denken, wir können ihnen sagen, was passiert ist.«

Bei diesen Worten zog die Polizistin hinter dem Tresen eine Augenbraue hoch.

»Seid ihr euch sicher? Falls das nämlich einer von diesen Scherzen sein sollte-«

»Ja, wir sind uns sicher«, redete Lucy dazwischen, »Wir wissen, was passiert ist, wirklich. Bitte hören Sie sich an, was wir zu sagen haben«, flehte sie.

Die Polizistin sah sie forschend an, nickte dann aber nur und rief nach ihrem Kollegen. Ein Beamter führte sie zu einem Raum. Er klopfte an und öffnete die Tür. Lucy erkannte, dass es ein Büro sein musste. Ein großer Tisch stand im Raum. Dort saßen zwei Männer ohne Uniform am Computer, die ihnen nun den Blick zu wandten. Der eine am nächstgelegenen Tisch schien schon älter zu sein.

Er hatte schütteres Haar, das schon fast ganz grau war und trug eine runde Brille, hinter den Gläsern blickten seine Augen desinteressiert zu ihnen. Der andere war um einiges jünger, hatte dunkle Haare und sah sie interessierter an.

»Hi, Jungs. Diese Teenager möchten eine Aussage zum Fall Nick Matthews machen«, erklärte er ihnen und deutete auf sie, »Meint ihr, ihr wollte euch ihre Geschichte nicht einmal anhören?«

Dieser Satz gefiel Lucy gar nicht. Es hörte sich so an, als würde er sie nach einem Kaffee fragen, dabei war das hier doch extrem wichtig! Sie konnten ihnen sagen, was passiert war.

Doch anstatt erfreut darüber zu sein, musterte sie der ältere Mann nur forsch und nickte dann: »Ich denke schon. Hoffentlich sind das nicht wieder welche von diesen Scherzkeksen.«

Olivia setzte ein empörtes Gesicht auf, doch Lucy kniff sie in den Arm, worauf sie einen verärgerten Blick erntete, aber es wäre nicht gerade sinnvoll, wenn sie jetzt Streit anfangen würden. Der Beamte verschwand mit einem Lachen und Lucy fragte sich nun, ob sie hier überhaupt ernst genommen werden würden.

»Soso. Ihr wisst also etwas zum verschwundenen Matthews«, murmelte er immer noch mit diesem skeptischen Blick. Dann wandte er sich an den anderen Mann: »James, reich mir bitte mal den Ordner.«

Während der Angesprochene aufstand und einen Ordner heraussuchte, um ihn vor dem älteren Mann auf den Tisch zu legen, standen Lucy, Nathan und Olivia immer noch vor der Tür, unschlüssig was sie sagen sollten.

»Oh, wie unhöflich von mir. Setzt euch doch«, meinte

er und deutete auf ein paar Stühle vor ihm. Das ließen sie sich nicht zweimal sagen.

Alle drei setzten sich, während der Mann begann sich vorzustellen: »Ich bin Mr. Walsh und das hier ist unser Azubi Mr. Donnelly. Ich bin einer der Kriminalkommissare von Doolin, die sich mit dem Fall beschäftigen. Mit wem haben wir das Vergnügen?«

»Ich bin Nathan Clark, das hier sind Lucy Amberson und Olivia Cook, eigentlich gehören Kathrin Young und Liam Hughes auch zu uns, aber die konnten nicht kommen«, sagte Nathan und deutete jeweils auf sie, während sie sich die Namen einprägten, »Wir wissen, was mit Nick passiert ist. Er war unser Freund.«

»Soso«, sagte Mr. Walsh wieder und blätterte desinteressiert die Akte durch. Dann klappte er sie plötzlich zu und wendete sich an sie: »Und woher wisst ihr das, wenn ich fragen darf?«

Mr. Donnelly sah sie interessiert an.

Lucy tauschte einen Blick mit ihren Freunden, dann antwortete sie: »Wir haben selbst nachgeforscht. Wir haben Leute befragt, uns einem Suchtrupp angeschlossen und Informationen geholt. Wir haben herausgefunden, dass Nick kurz vor seinem Verschwinden mit einigen Jungen aus unserer Schule gesehen wurde. Alles hat darauf hingewiesen, dass sie etwas mit seinem Verschwinden zu tun hatten, und wir hatten recht. Einer von ihnen, er hat uns alles erzählt, er meinte-«, Lucys Stimme stockte. Sie konnte den Rest nicht über sich bringen.

Zum Glück sprang Nathan an dieser Stelle ein: »Er hat uns erzählt, dass sie eine Mutprobe im Haus Nr. 33 gemacht haben. Sie wissen schon, dass in der Neilson

Street. Er musste in das Haus gehen und dann wurde er von jemanden entführt.«

»Jetzt macht mal halblang. Es ist verboten das Grundstück zu betreten. Sie dürfen da nicht einfach rumspazieren, ihr habt hier vielleicht etwas durcheinandergeworfen, denn bisher hatten wir keine Meldungen unserer Kollegen, die solche Grundstücke im Auge behalten.«

»Aber es stimmt! Jerrys Clique trägt die Schuld. Sie haben es quasi selbst zugegeben«, pflichtete Lucy sofort bei.

Der Kommissar seufzte und versuchte anscheinend, sie nicht sofort wieder rauszuwerfen: »Nehmen wir mal an ihr sagt die Wahrheit-«

»Das tun wir!«, unterbrach Olivia ihn sofort wieder, doch er ignorierte sie.

»Habt ihr denn Beweise?«, fragte er schließlich und sah sie prüfend an.

Lucy, die zwischen Nathan und Olivia saß, wurde nun auf einmal bewusst, dass sie tatsächlich keine Beweise hatten. Wie sollten sie die Polizisten überzeugen?

Nach diesem Schweigen drehte sich Mr. Walsh zu dem jüngeren Auszubildenden: »Also für mich sieht das ziemlich eindeutig aus.«

Lucy war sich schon sicher, dass sie sie nun rausschicken würden mit dem Gedanken, dass sie irgendwelche Teenager wären, die Spaß daran hatten die Polizeiarbeit zu stören. Aber woher wollten sie das wissen. Dieser Mr. Walsh schien nicht gerade interessiert an einer möglichen Spur zu sein, dabei hatten sie so wichtige Hinweise. Wieso glaubte er ihnen nicht?

Doch Mr. Donnelly setzte ein nachdenkliches Gesicht

auf und sah sie noch einmal an: »Vielleicht sollten sie noch einmal ganz von vorne erzählen, was sie glauben zu wissen, danach können wir entscheiden, was relevant ist«, schlug er zu ihrer Überraschung vor.

Mr. Walsh schien nicht sehr angetan von diesem Vorschlag zu sein, doch er stimmte schließlich zu und sie begannen von vorne zu erzählen. Einige Sachen mussten sie jedoch rauslassen, denn manches war eventuell unvorteilhaft vor den Polizisten.

Als sie fertig waren, murmelten die beiden Männer untereinander noch einige Worte, dann drehten sie sich schließlich zu ihnen.

Mr. Donnelly begann hastig zu erklären: »Es tut mir leid, aber ich denke, ihr versteht, dass wir uns nicht sicher sein können, dass ihr wirklich die Wahrheit erzählt bekommen habt, wir werden aber trotzdem einen Durchsuchungsbefehl veranlassen für die betroffenen Häuser. Dann werden wir sehen, was sich findet.«

»Und das wars? Keine Befragung von Jerrys Clique?«, fragte Nathan fassungslos.

»Wenn wir einen Anlass dazu finden, schon. Jedoch denke ich, das habt nicht ihr zu bestimmen«, meinte Mr. Walsh kühl und bedeutete ihnen, zu gehen.

Sie ließen ihre Kontaktdaten dort und verließen das Gebäude schließlich nach mehrfacher Aufforderung. Mr. Donnelly lächelte Lucy noch entschuldigend an, als er sie zur Tür begleitete. Immerhin er schien zu glauben, dass etwas Wahres an ihrer Geschichte war.

Kurz bevor sie diese erreicht hatten, lehnte er sich zu ihr und sprach leise und eindringlich mit ihr: »Ich weiß, das ist schrecklich für euch, aber bitte schnüffelt nicht weiter selbst herum. Das ist zu gefährlich. Wir kümmern uns darum.«

Rumschnüffeln? Lucy spürte, wie ihr heiß wurde vor Wut. Woher wollte er wissen, dass sie das vorgehabt hatten? Ohne eine Antwort verließ sie den Raum.

»Ich fasse es nicht«, rief Olivia, als sie außer Hörweite waren, »Die wollten uns tatsächlich nicht glauben!«

»Dabei haben wir ihnen etwas so Wichtiges anvertraut!«, stimmte Nathan ihr wütend zu, »Keinen Dank! Das war so eine Überwindung! Die können mich mal!«

Auch Lucy ließ den Kopf hängen. Von Erfolg war nicht zu reden.

»Aber Mr. Donnelly schien uns zu glauben«, warf sie tröstlich ein.

»Wow. Der ist aber nicht einmal richtiger Polizist. Dieser blöde Mr. Walsh, als wären wir welche von diesen Asozialen! Nur weil sie schon ein paar Mal verarscht wurden, heißt es nicht, dass wir diese Intention haben!«

Und mit diesen Beschimpfungen der Frustration ging es die gesamte Zeit weiter, bis sich ihre Wege trennten und Lucy vor ihrem Haus stand.

Mittlerweile ging schon die Sonne unter und sie war einfach nur müde. Ihrem Vater würde sie nichts erzählen. Wie denn auch? Im Moment hatte sie keine Lust auf eine weitere lange Erklärung.

14

Nach der Aussage im Polizeirevier hatten Lucy, Olivia und Nathan sofort Kathrin und Liam Bescheid gesagt, die zwar einerseits auch empört darüber waren, dass sie von dem Beamten nicht ernst genommen wurde, aber andererseits glücklich zu sein schienen, dass sie nun ihre Verantwortung in erfahrenere Hände übergeben hatten. Nun hatte die Polizei vorsichtshalber eine Durchsuchung der umliegenden Häuser rund um das Haus Nr. 33 am Ende der Straße und dem Haus selbst veranlasst.

Lucy war äußerst gespannt, sie konnte die Ergebnisse kaum abwarten, auch wenn sie versuchte sich mehr auf die Schule zu konzentrieren, aber der Gedanke, dass die Polizisten in dem Haus etwas Entscheidendes finden würden, ließ sie einfach nicht los. Deshalb wartete sie jedes Mal sehnsüchtig, wenn sie nach Hause kam, auf eine E-Mail der Polizei, die ihr irgendetwas über die Ermittlungen sagen würde. Ihr Vater wunderte sich schon, denn sie hatte ihm immer noch nichts gesagt, es würde sich schon die passende Gelegenheit bieten, außerdem war es vielleicht besser so, denn ihr Vater hatte sowieso schon genug zu tun und sie zweifelte daran, dass er geradezu erfreut sein würde, dass Lucy so viel hinter seinem Rücken getan hatte.

Dann, als sie am Freitag von der Schule kam und wie schon die Tage zuvor sofort zu ihrem Computer ging, um ihre E-Mails zu kontrollieren, geschah es:

Sehr geehrte Lucy Amberson,

hiermit laden wir Sie und Ihre Freunde am Montag, den 21.09., zum Polizeirevier Doolin ein. Wir benötigen die Bestätigung Ihrer Aussage und wollen Ihnen das Ergebnis unserer Bemühungen nicht zorenthalten.

Mit freundlichen Grüßen

Police Departement Doolin

Sie wollten ihr das Ergebnis nicht vorenthalten? Was hatte das zu bedeuten? Es musste etwas Wichtiges gefunden worden sein. Mit steigender Hoffnung rief sie sofort ihre Freunde an, um ihnen von der Neuigkeit zu berichten, denn sie hatten wahrscheinlich keine Mail bekommen. Sie spekulierten eine Weile, was die Polizei denn nun gefunden haben könnte.

Am Samstag ging sie mit Kathrin und Olivia ins Kino, wo sie sich den neuen Actionfilm anschauten. Lucy hatte den Film bis zum Ende mitgefiebert und sogar ihre Gedanken an die Ermittlungen liegen gelassen. Während sie den Kinosaal über die Schauspieler schwärmend verließen, sah Lucy plötzlich ein vertrautes Gesicht in der Nähe. Es war Jason. Und damit waren natürlich auch die Gedanken an die Ermittlungen zurückgekommen. Sie wollte Olivia und Kathrin gerade mit sich in die Menge ziehen, damit er sie nicht sah, doch es war bereits zu spät. Er hatte sie gesehen. Sofort verfinsterte sich sein Gesicht und er kam auf sie zu.

Bevor Lucy einen erneuten Fluchtversuch unternehmen konnte, war er auch schon vor ihr und versperrte ihnen den Weg. Weiter hinten konnte Lucy Aron erkennen, der Jason zu sich rief, doch dieser gab ihm ein Zeichen, dass er noch etwas erledigen musste, und im nächsten Moment hatte er sie schon zum Ende des Flurs, wo keine Leute waren, geführt.

»Was willst du?«, fragte Olivia verwirrt.

»Ist das nicht klar?«, fragte Jason und seine dunklen Augen bohrten sich in Lucys, als er zu erklären begann, »Ich habe euch doch gesagt, ihr dürft niemanden erzählen, was ich euch anvertraut habe! Und was macht ihr? Ihr geht zu den Cops! Ist das euer Ernst?«, fragte er und sah sie entsetzt an, »Sie haben das Haus durchsucht, das ist euch klar, oder?«

Diese Tatsache war Lucy sehr wohl klar. Gespannt hatte sie öfter beim Haus vorbeigeschaut, um etwas von der Durchsuchung mitzubekommen, hatte diese aber wohl leider irgendwann verpasst. Woher wusste er eigentlich davon? Das hieß, er musste es gesehen haben.

Doch Jason schien in keiner Weise erfreut darüber zu sein und das machte Lucy wütend: »Natürlich ist das unser Ernst! Irgendjemand musste es ja tun, oder? Es ist sowieso schon viel zu viel Zeit vergangen! Dass du nicht schon früher zur Polizei gegangen bist!«

»Euch ist doch klar, dass ich einen Höllen Ärger bekomme, wenn Jerry herausfindet, dass ich es euch gesagt habe. Ich habe das nur getan, weil du mir leidgetan hast, Lucy. Und ihr nutzt mein Vertrauen so aus?«

»Wir nutzen dein Vertrauen aus? Unser Freund wurde entführt und du sorgst dich um deinen Ruf? Bedeutet er dir denn gar nichts?«, schrie sie ihn verzweifelt an.

Jason sah so aus, als wollte er etwas erwidern und Kathrin bedeutete ihr ebenfalls, sie sollte leiser sprechen, bevor noch jemand etwas mitbekam, aber Lucy achtete nicht auf sie. Ihr Temperament gewann wieder die Überhand.

»Ich glaube, ich habe mich echt in dir getäuscht, Jason. Ich dachte, du hättest wirklich Schuldgefühle und wolltest auch, dass der Fall gelöst wird, aber dich interessiert ja nur dein Wohlbefinden. Das ist echt widerlich, weißt du das?«, fuhr sie ihn an.

»Lucy, warte, ich meinte das nicht so« setzte er an, doch Lucy hörte ihm nicht mehr zu und rauschte vorbei.

Dieses egoistische Schwein, dachte sie wütend und hörte ihre Freundinnen hinter ihr hereilen, Wie konnte ich nur denken, er erzählt es uns, damit wir handeln. Von wegen Mitleid. Und mit diesem Gedanken ging sie aufgelöst nach Hause, fest entschlossen nicht mehr auch nur einen Gedanken an Jason zu verschwenden.

Schließlich war der Tag gekommen, an dem sie erfahren würden, ob die Polizei etwas herausgefunden hatte. Mit sehnsüchtigen Blicken gingen Lucy und Nathan an diesem Tag zum Polizeirevier.

Olivia hatte einen Arzttermin und konnte daher nicht mitkommen, so gingen sie zu zweit. Als sie angekommen waren und der Beamtin hinter dem Tresen gerade erklären wollten, warum sie da waren, kam plötzlich Mr. Donnelly aus einem anderen Raum und ging zu ihnen, als er sie sah: »Oh das seid ihr ja, kommt mit.«

Das ließen sie sich nicht zweimal sagen und folgten dem Auszubildenden, der sich bei ihrer letzten Begegnung, im

Gegensatz zu Mr. Walsh, als sehr freundlich gezeigt hatte. Auch, wenn Lucy nicht vergessen hatte, wie er versucht hatte, auf sie einzureden.

In seinem verlassenen Büro waren die Rollos heruntergelassen, sodass der Raum finster und beklommen wirkte. Mr. Donnelly schaltete das Licht an, nachdem er die Tür geschlossen hatte.

»Also. Ich werde nicht lange um den heißen Brei herumreden. Seid ihr euch wirklich sicher, dass euch die Wahrheit erzählt wurde?«, fragte er sie direkt.

Lucy dachte an das Gespräch mit Jason. Nun ja, sie war sich sicher. Denn wieso sonst hatte Jason sie gestern so panisch auf die Durchsuchung des Hauses angesprochen? Außerdem hatte sie schon immer ein unheimliches Gefühl in der Nähe des verlassenen Hauses begleitet. Er musste die Wahrheit gesagt haben.

»Ja, das sind wir«, antwortete sie schließlich mit fester Stimme und Nathan nickte zustimmend.

»Es ist in dem Haus passiert«, ergänzte sie, als Mr. Donnelly sie mit einem undefinierbaren Blick ansah. »Sie haben doch etwas gefunden, oder? Sie haben doch Beweise gefunden?«, fragte sie dann mit einem Anflug von Verzweiflung, als Mr. Donnelly nicht antwortete.

Dann, endlich, machte er den Mund auf: »Nun ja. Nein«, gab er zu.

Lucy riss empört den Mund auf: »Aber das kann nicht sein! Es muss doch irgendwelche Beweise geben!«

Aus ihrer Sicht war schon alles klar gewesen. Die Polizei hatte in ihrer Vorstellung schon irgendwelche Beweise in dem Haus gefunden und waren bereits daran den Fall zu lösen, diese Nachricht zerstörte nun ihre ganzen Vorstellungen.

»Wir haben das ganze Haus und die umliegenden Häuser durchsucht. Nicht die kleinste Spur«, meinte er nun noch mal, um seine Aussage zu untermauern.

Das konnte doch nicht sein! Irgendetwas musste dort sein. Ein Stofffetzen oder das Blut! Jason hatte ihnen doch erzählt, dass Nick sich am Fenster verletzt hatte, als er vergeblich zu fliehen versucht hatte.

»Ich würde euch wirklich gerne glauben, aber wir haben keinerlei Anhaltspunkte für die Glaubhaftigkeit eurer Aussage gefunden. Es tut mir leid, aber mehr können wir nicht tun.« Er blickte sie mitleidig an.

Auch Nathan schien fassungslos zu sein: »Aber haben Sie denn mit Hunden gesucht? Sind Sie sich sicher, dass sie alles abgesucht haben?«

Zwar war es äußerst respektlos von Nathan die Polizei zu beschuldigen, miserable Arbeit verrichtet zu haben, fand Lucy, aber Donnelly schien sich darüber nicht einmal zu kümmern. Er wirkte eher nervös. Nathan schien ihn verunsichert zu haben.

»Eine vollständige Durchsuchung hat die Spurensicherung nicht gemacht. Also eigentlich sind sie nicht einmal gekommen. Es war eine gewöhnliche Hausdurchsuchung, aber-« sein Blick wurde plötzlich härter, denn er bemerkte gerade wohl, in welcher Lage er war und dass er ihnen einige Sachen, die sie gar nicht wissen sollten, ausplauderte.

»Im Grunde geht euch das auch nicht wirklich an. Wie gesagt, es tut mir leid, aber mehr können wir nicht machen, wir haben keinerlei Beweise für eure Geschichte.«

Lucy klappte der Mund erneut auf. Das konnte doch

nicht ihr Ernst sein? Sie durften den Fall nicht wieder liegen lassen, nur wegen Mangel aus Beweisen. Das hatte ihnen bestimmt wieder dieser Mr. Walsh eingepfercht. Nur weil er anscheinend irgendein Problem mit Jugendlichen hatte, hieß das doch nicht, dass er gleich alle als Lügner abstempeln musste.

In diesem Moment spazierte jener geradewegs durch die Tür. In Lucy pochte der Zorn. Als er sie sah, ließ er seinen Blick über sie gleiten.

»Ah, noch hier?«, meinte er mit wenig Interesse und ging zu einem der Computer in dem Raus, um ihn anzuschalten. Wahrscheinlich begann nun seine Schicht.

»Nun ich denke, ihr solltet jetzt gehen«, sagte Mr. Donnelly.

»Das heißt, Sie kümmern sich nicht mehr um Nicks Verschwinden?«, fragte Nathan klagend, doch Mr. Donnelly schob sie bereits aus der Tür.

»Das werde ich nicht vergessen! Es interessiert Sie doch gar nicht!«, rief Nathan hinterher.

Offenbar war er genauso, wenn nicht sogar noch wütender als Lucy. Und das war vollkommen berechtigt. Viel zu schnell hatten sie denn Fall aufgegeben. Es war enttäuschend.

Nachdem Nathan seine letzte Schimpftirade über Mr. Walsh gesprochen hatte, gingen sie schweigend nach Hause. Die Niedergeschlagenheit war ihnen deutlich anzusehen. War das nun also ihre große Niederlage?

15

Die nächsten Tage waren schrecklich. Denn nachdem Lucy und Nathan den anderen von der gescheiterten Hausdurchsuchung erzählt hatten, schien einfach alles schief zu laufen. Nathan punktete mit einer schlechten Note in einem Mathe-Test, Liams Lieblingspulli riss, als er an einem Zaun hängen blieb und Kathrin hatte ihren Glücksbringer, den sie zuvor immer an ihrer Tasche getragen hatte, verloren.

Auch wenn es sich nicht alle anmerken ließen, fanden sie keine Ruhe, was Nicks Verschwinden anging. Niemand konnte es vergessen, denn sie waren schließlich schon so weit gekommen, sie wussten, was an jenem Tag passiert war, bis auf eine Kleinigkeit. Das Einzige, was sie nicht wussten, war, was mit Nick passierte, nachdem er von dem Entführer davongezogen wurde. Ebenfalls war unklar, wieso die Polizei keine einzige Spur in dem Haus gefunden hatte und wer die Täter überhaupt waren, die möglicherweise noch einmal zurückkamen, um alle ihre Spuren zu verwischen.

Doch eine Sache wussten sie alle, sie spürten es. Etwas stimmte nicht und sie mussten der Sache auf den Grund gehen. Sie mussten handeln.

Als sie einige Tage später schließlich wieder in ihrem geliebten Eiskaffee saßen, diesmal wieder an ihrem Stammplatz, war es Nathan, der die Stille durchbrach: »Ihr wisst das wir etwas unternehmen müssen, oder?«, fragte er und blickte in die Runde.

Alle nickten stumm, bis Kathrin das Wort erhob. »Es ist so schrecklich, es zu wissen«, gab sie mit erdrückter, leiser Stimme zu.

»Und noch schlimmer ist es, dass uns niemand glaubt«, fügte Lucy mit einem grimmigen Unterton in der Stimme hinzu.

»Am schlimmsten ist aber, dass wir nur die halbe Geschichte kennen. Wir wissen nicht, wie sie ausgegangen ist«, ergänzte Nathan.

»Wir müssen selbst handeln«, stimmte Olivia zu, »Es gibt keinen anderen Weg. Entweder wir handeln jetzt oder die Polizei wird in den nächsten Jahren nie herausfinden, was passiert ist. Und ... seine Eltern auch nicht.«

Mit diesen Worten hatte sie ein motivierendes Gefühl in ihnen ausgelöst, zumindest Lucy war es so ergangen.

»Und was sollen wir bitte machen? In das Haus spazieren und selbst suchen, oder was?«, kam es plötzlich von Liam. Seine Miene war grimmig und er schien nicht besonders begeistert.

Und zu seiner Überraschung antwortete ihm Nathan auch noch direkt: »Ja. Genauso machen wir es.«

Liam klappte der Mund auf, um zu protestieren, doch in diesem Moment rief Nathan die Kellnerin zu ihnen und bezahlte für sie alle. Offenbar schien er sehr entschlossen zu sein.

»Lucy? Ist es okay, wenn wir zu dir gehen? Wir brauchen einen Platz, wo wir ungestört die Pläne schmieden können.«

Lucy war so erregt, dass sie nur ein Nicken zustande

brachte, und so machten sie sich auf den Weg zu ihrem Haus.

Nachdem sie noch einmal alle Details aus Jasons Erzählung in Lucys Zimmer durchgegangen waren, ging es daran ihren Plan zu besprechen. Lucy lehnte grübelnd an ihrer Zimmerwand und dachte nach. Es war klar, dass sie in das Haus gelangen mussten, das stand außer Frage. Aber wie sollten sie dort etwas finden, wenn selbst die Polizisten nichts gefunden hatten? Da erinnerte sie sich wieder an Mr. Donnellys Worte: Naja. Eine zollständige Durchsuchung hat die Spurensicherung nicht gemacht. Also eigentlich sind sie nicht einmal gekommen. Es war eine gewöhnliche Hausdurchsuchung, aber...

Das konnte nur heißen, dass sie nicht gründlich genug gesucht hatten. Denn irgendeine Spur musste es noch geben, selbst, wenn der Täter versucht hatte, diese zu verwischen. Außerdem hatten sie Mr. Walshs Ansicht zu diesem Thema gesehen. Er glaubte ihnen nicht. Das hatte Lucy an seiner Miene ablesen können. Er dachte, sie wären irgendwelche Jugendliche, die sich einen Spaß erlaubt hatten, aber so war es nicht. Sie waren Nicks Freunde und wahrscheinlich die Einzigen, die sich noch für sein Verschwinden interessierten, außer seinen Eltern. Sie waren die Einzigen, die wussten, was an jenem Tag passiert war. Mit Ausnahme von Jerry und seiner Clique, aber die waren zu feige, um etwas zu sagen. Somit konnten nur sie diesen Fall lösen und dies würden sie auch tun.

Vom Optimismus gepackt, stieß sie sich von der Wand ab und blickte zu ihren Freunden. Diese waren gerade in Schweigen verfallen und lauschten scheinbar, weil sie etwas gehört hatten, doch Lucy ignorierte sie.

Sie musste ihnen ihren Entschluss mitteilen.

»Wir werden es tun!«, sagte sie und die anderen wandten ihr ihre Aufmerksamkeit zu.

»Was tun?«, fragte Liam misstrauisch.

»Na ins Haus gelangen«, erklärte sie, »Nathan hat recht damit, das wir es tun müssen. Wir sind die Einzigen, die etwas tun können, und die Polizei glaubt uns nicht ...«

Liam sah so aus, als wollte er protestieren. Er öffnete gerade den Mund, doch Lucy redete weiter, ohne auf ihn zu achten: »Sie haben das Haus nicht einmal gründlich durchsucht. Sie haben mit hundertprozentiger Wahrscheinlichkeit etwas übersehen. Ich glaube nicht, dass sie sich auch nur im entferntesten Sinne richtig angestrengt haben. Deswegen werden wir diesen Job übernehmen. Wir gehen rein, passen auf, dass uns niemand sieht, und schauen uns gründlich um. Vielleicht entdecken wir etwas ...«

Liam funkelte sie an: »Lucy, also erstens ist das verboten, wir dürfen das Gelände nicht einmal betreten und zweitens ist es verdammt gefährlich.«

»Liam, beruhige dich doch. Denkst du, uns hindert so eine dumme Absperrung daran, das Verschwinden unseres Freundes aufzudecken? Also mich jedenfalls nicht«, verteidigte Nathan Lucys Ansicht.

Doch Kathrin blickte sie ebenfalls besorgt an. Sie schien nicht so ganz überzeugt zu sein: »Ich finde, Liam hat recht. Was ist, wenn der Entführer noch dort ist? Was machen wir dann?«

»Wir gehen da doch nicht einfach so unbewaffnet rein! Wir nehmen einfach einen Baseballschläger oder so und hauen ihm eine!« Nathan grinste.

Es war das erste Mal, dass Lucy angesichts dieser Tatsache ein wenig Lachen musste. Kathrin aber blickte Nathan kurz verstört an, als wollte sie sagen: Bist du verrückt geworden? Nathan ignorierte es.

Daraufhin meldete sich Olivia zu Wort: »Dann steht es also fest. Wir ziehen es durch«. Auch sie konnte sich ein Lächeln nicht verkneifen.

»Jap. Wir machen es«, stimmte Lucy zu.

»Aber nicht heute, oder?«, fragte Liam nervös. Offenbar schien er trotz seiner Bedenken dabei zu sein.

»Nein, morgen nach der Schule. Oder hat irgendjemand etwas dagegen einzuwenden?«, fragte Nathan und sah in die Runde.

Schweigen.

»Ich kann nicht fassen, dass wir das wirklich vorhaben«, murmelte Liam.

Doch Lucy hatte eine eiserne Willenskraft gepackt: »Wir müssen handeln. Wer, wenn nicht wir?«

Diese Worte lösten die Spannung, die sich im Raum breitgemacht hatte. Feierlich klatschten sie sich ab. Der Masterplan war nun fertig.

Am nächsten Tag schien diese feierliche Stimmung wie weggeblasen. In der Schule sah man ihnen ihre Nervosität deutlich an. Dauernd warfen sie sich Blicke zu und tuschelten so oft, dass sie auseinandergesetzt werden mussten. Auf den Unterricht konnte sich nun niemand mehr konzentrieren. Alle dachte an das bevorstehende Ereignis. Dann ertönte schließlich das erlösende Geräusch der Schulklingel und sie hatten endlich Schulschluss. Sie gingen auf den Schulhof, auf den jetzt auch die anderen Schüler, die ebenfalls Schluss hatten, strömten.

Lucy wartete auf ihre Freunde, als sie Jerry und seine Clique auf sich zukommen sah.

Oh nein. Nicht die schon wieder. Vor allem nicht jetzt, dachte sie resigniert.

»Na, da sind ja die Detektive«, spottete Jerry und deutete auf sie. Er trug eine schwarze Lederjacke und seine dunkelblonden Haare waren mit übermäßig viel Haargel gestylt. Er sah ihnen abschätzig dabei zu, wie sie die Treppe herunterstiegen.

Jordan und Aron lachten abfällig über diese Bemerkung, doch Jason stand stumm hinter ihnen. Mit einem undefinierbaren Blick sah er Lucy an. Offenbar hatte er es ihnen gesagt.

»Sei leise und verschwinde«, knurrte Nathan, seine Wut unterdrückend neben Lucy, zu Jerry, als ein Lehrer hinter Olivia die Treppen runter stieg.

Jerry, der offenbar keine Lust auf weiteren Ärger mit der Schulleitung hatte, klappte seinen Mund, den er gerade aufgerissen hatte, um etwas zu erwidern, wieder zu und sah sie nur finster an, dann bedeutete er seinen Freunden mit einer Handbewegung ihm zu folgen und sie verschwanden.

Das war ihnen mehr als recht. Als nur noch wenige Schüler auf dem Schulhof waren, gingen sie noch einmal alle Details ihres Plans durch und besprachen ihr Vorgehen gründlich. Sie machten die Uhrzeit aus, an der sie sich Treffen wollten und schließlich verabschiedeten sich Liam, Kathrin und Lucy von Nathan und Olivia, da diese mit dem Bus nach Hause fuhren.

»Oh! Mist! Ich muss noch Amy abholen!«, fiel es Lucy

auf, als sie auf die Uhr sah.

»Vielleicht ist sie schon selbst nach Hause gegangen«, meinte Kathrin beschwichtigend in Angesicht auf Lucys besorgten Ton.

»Und wenn nicht? Sorry, ihr könnt schon weitergehen, ich muss kurz zu ihrer Schule rüber und nachsehen«, entgegnete Lucy.

»Alles gut. Wir kommen mit«, sagte Liam und strich sich die Haare aus dem Gesicht, Kathrin nickte ebenfalls einverstanden und sie überquerten die Straße. Amelies Grundschule lag schließlich auf dem Weg.

Doch dort, wo Amy normalerweise wartete, war nun niemand. Sie suchte den Schulhof ab und kam dann wieder zu ihren Freunden.

»Ich glaube, Kathrin hatte recht. Sie ist wahrscheinlich schon gegangen«, murmelte sie erschöpft.

Wenn Amy beschlossen hatte, nicht auf sie zu warten, dann war das ihr Pech. Lucy hatte momentan gewaltige andere Sorgen.

Erschöpft öffnete sie die Haustür mit ihrem Schlüssel. Doch als sie Amys Namen rief, erhielt sie keine Antwort. Als sie im Haus nachsah, entdeckte sie ebenfalls nichts. Der Futternapf von Mr. Piet war leer. Amy würde niemals vergessen, ihn zu füttern. Das hieß, sie konnte nicht nach Hause gekommen sein. Aber wo war sie dann? Lucy wurde mulmig zu Mute. Unruhig griff sie zum Haustelefon und rief bei Amelies Freundin, Celina an. Vielleicht war sie zu ihr gegangen.

Doch als ihre Mutter ihr berichtete, dass sie weder Amy noch ihre Tochter gesehen hatte, wurde sie etwas besorgt.

Sie rief auch bei den anderen Freundinnen an, aber von denen erfuhr sie nur, dass Amy, nachdem sie vergebens auf Lucy gewartet hatte, zusammen mit ihrer Freundin Celina nach Hause gegangen war. Was dann passiert war, wusste niemand.

16

War ihnen etwas auf dem Weg zugestoßen? Sie bekam sofort ein schlechtes Gewissen. Wie hatte sie nur denken können, dass Amy unwichtig war, nur weil sie momentan andere Sorgen gehabt hatte?

Sie hatte Amy vergessen, wegen der Besprechung ihrer Pläne, das war eine Tatsache und Lucy schämte sich sofort dafür. Was denke ich hier eigentlich? Vielleicht sind sie noch zur Eisdiele oder so gegangen. Es muss doch nichts Schlimmes passiert sein. Das hat nichts mit Nick zu tun, versuchte sie sich einzureden, doch tief in ihrem Inneren hatte sie ein äußerst ungutes Gefühl. Diese ganze Sache schien äußerst verdächtig. Denn Lucy erinnerte sich daran, dass Amy ihr am gestrigen Tage irgendwann gesagt hatte, dass sie heute bei ihnen mit Celina ein Schulprojekt vorbereiten wollte. Sie hatte ihr kaum zugehört, weil sie so beschäftigt mit ihren eigenen Plänen gewesen war. Aber Amy und ihre Freundin waren nicht hier und auch nicht bei Celina zu Hause. So sehr sie es auch wollte, an nichts Schlimmes zu denken, schossen ihr unzählige Bilder in den Kopf, wie Amy ebenfalls entführt wurde. Was sollte sie nun tun? Ihren Vater informieren? Aber das würde nur unnötige Sorgen mit sich bringen. Er arbeitete immer noch auf die Beförderung hin und was wäre, wenn er die Polizei rufen wollte? Die würden sie diesmal für eine totale Spinnerin halten, wenn sie ihr nicht einmal Nicks Geschichte geglaubt hatten. Außerdem wusste ihr Vater nicht einmal,

119

dass sie zur Polizei gegangen waren. Was würde er dazu sagen? Ihren Freunden Bescheid zu sagen, schien ihr gerade am vernünftigsten. Auch, wenn es hieß, dass sie ihr Vorhaben für heute absagen musste, bis sie wusste, wo ihre Schwester war.

Schließlich entschloss sie sich dafür, ihren Freunden zu schreiben, ob sie sich nicht schon früher treffen konnten, denn sie musste vorher noch Amy suchen und konnte dabei Hilfe gebrauchen. Liam und Kathrin willigten ein, sie wohnten sowieso am nächsten, aber Olivia musste noch etwas erledigen. Außerdem wohnten sie und Nathan etwas weiter weg. Aber Nathan versuchte trotzdem, so schnell wie möglich zu kommen.

»Und du bist dir sicher, dass sie bei keiner ihrer Freundinnen ist?«, fragte Kathrin sie noch einmal, als sie an Lucys Haus angekommen waren.

»Ja, ich habe überall rumtelefoniert. Niemand hat sie gesehen, nachdem sie mit Celina die Schule verlassen hat. Sie kann auch nirgendwo anders sein, weil sie noch etwas vorhatte, zu Hause.«

Liam musterte sie aufmerksam: »Du denkst, es könnte etwas mit Nick zu tun haben?«

»Ich ... ich bin mir nicht ganz sicher, vielleicht bin ich auch einfach nur paranoid.«

»Nein, ich finde deine Sorge schon berechtigt«, versicherte ihr Kathrin, »Der Täter könnte noch hier sein. Es muss jemand aus diesem Umfeld gewesen sein, da bin ich mir sicher. Andernfalls hätte er es nicht so lange geheim halten können. Außerdem musste der Täter wissen, dass die Polizei das Haus durchsuchen würde, denn alle Hinweise sind verschwunden.«

Lucy konnte ihre Bewunderung nicht unterdrücken. Man merkte, dass Kathrin in diesem Thema belesen war. Ihr Onkel arbeitete schließlich auch bei der Polizei.

»Und was ist, wenn der Täter die Spuren schon sofort beseitigt hat?«, fragte Liam und kratzte sich nachdenklich am Hinterkopf.

»Das kann natürlich auch sein«, gab Kathrin schulterzuckend von sich, »Naja, wie auch immer, wir müssen jetzt erst mal Amelie finden.«

»Wo kann sie denn nur sein?«, fluchte Lucy, nachdem sie auf einigen Spielplätzen und im Park nachgesehen hatten, aber nirgendwo eine Spur von Amy entdeckt hatten.

»Vielleicht ist sie doch an der Hauptstraße, da beim Eiskaffee. Ich würde sagen, wir sollten dort suchen«, schlug Kathrin vor und Lucy nickte.

Da sie beschlossen, den Weg am Friedhof vorbei zu nehmen, kamen sie sowieso an Lucys Haus vorbei und das nutzten sie, um erneut dort nach zu sehen. Doch alles lag immer noch so da, wie sie es verlassen hatte. Niedergeschlagen schloss Lucy die Haustür und sie gingen weiter.

Liam blieb jäh stehen und Lucy wäre fast in ihn hineingelaufen, wäre sie nicht noch rechtzeitig stehen geblieben. Sie wollte gerade den Mund aufmachen, da sah sie, was ihn aufgehalten hatte. Ihnen gegenüber befand sich der Ort, den sie heute hatten aufsuchen wollen. Das Haus Nr. 33. Oder auch das ›Gruselhaus‹, wie es von einigen Jugendlichen in der Gegend genannt wurde. Wie immer löste dieser Anblick ein ungutes Bauchgefühl bei Lucy aus, doch dieses Mal schien es noch stärker zu sein, denn nun wusste sie, was sich dort vorgetragen hatte. Das schien auch Liam zu haben, der mit verstörter Miene hinüberblickte. Beim Gedanken, dass sie da heute hatten rein gehen wollen, drehte sich Lucy der Magen um. Sie wollte gerade etwas sagen, da wurde sie auf einmal heftig von Kathrin am Ärmel gezogen.

»Was ist?«, fragte Lucy überrascht, doch Kathrin deutete nur auf das dichte Grüppchen von Nadelbäumen, dort standen gerade zwei Gestalten und schienen sich zu unterhalten. Dann bewegten sie sich weiter weg. Lucy folgte ihnen mit den Augen und konnte, nachdem sie sich auf die Zehenspitzen gestellt hatte, einen Truck hinter dem Haus auf dem Feld erkennen. Sie schienen darauf zuzugehen und diesen Moment nutzte Kathrin aus, um auch schon auf die andere Seite der Straße zu preschen. Lucy und Liam sahen sich kurz fragend an, folgten ihr aber dann zügig. Wieso lief sie rüber? Was hatte sie dort gesehen?

»Kathrin, was ...«, wollte Liam gerade sagen, da sahen sie, auf wen sie zulief. Einige Meter hinter den Bäumen waren große Dornbüsche und dahinter kauerten in einem Knäuel aus Jacken Amy und ihre Freundin Celina.

»Was macht ihr hier?«, kam es sofort aus Lucy heraus.

Die beiden Mädchen blickten erschrocken zu ihr hoch.

»Wir ... wir-«, setzte Celina eingeschüchtert an, doch Amy kam ihr dazwischen, »Wir versuchen herauszufinden, was diese Männer planen. Sie sind hier schon seit einer Ewigkeit. Sie haben Schaufeln.«

»Wie um alles auf der Welt«, fragte Liam verwirrt, »Seid ihr deswegen hierhin gekommen?«

»Wir-«, Amy blickte auf den Boden. Irgendwas schienen sie zu verschweigen.

»Nun sag schon! Was macht ihr hier? Ich habe mir totale Sorgen gemacht! Überall haben wir euch gesucht!«

Amy blickte zu ihr auf: »W...wir wollten doch nur nach Nick suchen ...«

»Ihr wolltet was?«, fragte Lucy ungläubig. Es war doch nicht möglich, dass sie wussten, was passiert war.

»Woher wisst ihr-«, setzte Liam an, doch Kathrin unterbrach ihn und zog sie blitzschnell in die Büsche und sie merkten auch, warum. Ihnen näherten sich wieder Stimmen. Lucy war nahezu wie benebelt, als sie sich unter den Busch presste. Was hatte das zu bedeuten? Woher wusste Amy über Nick und was genau taten sie hier? Offensichtlich belauschten sie die Stimmen. Aber wer waren diese überhaupt? Erkennen tat sie diese nicht.

»Wie sollen wir es ihm nur erklären? Er wird wütend sein«, murmelte einer von ihnen.

Lucy spähte um den Busch herum, während Kathrin sie warnend anzischte, sie solle vorsichtig sein. Mit angehaltenem Atem spähte sie hinter dem Busch hervor. Sie konnte die Rücken von zwei jungen Männern erkennen, die sich dem verlassenen Haus zugewandt hatten. Sie trugen schmutzige Kleidung und wirkten wie Handwerker, fand Lucy. Einer von ihnen hatte fast eine Glatze, der andere, dunkle kurze Haare. Was taten sie hier? Polizisten waren es offensichtlich nicht. Waren es Verbrecher? Die seltsamsten Gedanken schossen ihr durch den Kopf, wer diese Leute sein konnten, aber bei einem war sie sich sicher. Sie waren sicherlich unbefugt hier.

Schnell duckte sie sich wieder unter den Busch, als sich die Männer umdrehten und wieder auf den Truck zu gingen. Sie blieben weiterhin reglos, bis sie den wegfahrenden Motor hörten. Dann erst wagte sich Lucy wieder, zu atmen.

Amy und Celina hatten ihnen so einige Fragen zu beantworten. Was hatten diese Männer hier getan?

17

»Also, ihr habt uns jetzt aber etwas zu erklären!«, fing Lucy mit einem strengen Blick auf Amy an.

Diese trat verlegen von einem Bein aufs andere.

»Naja, also ich wollte nicht, aber ...«

Zu ihrem Glück kamen just in diesem Moment Nathan und Olivia auf sie zu.

»Wusste ich doch, dass ihr hier seid. Ihr habt sie gefunden!«, rief Nathan und blieb vor ihnen zum Stehen. Als er jedoch ihre Gesichter sah, blickte er verwirrt um sich.

»Was ist denn los?«

Schnell berichtete ihnen Kathrin, was vorgefallen war, als sie Amelie und Celina gesehen hatte und wie sie die komischen Männer beobachtet hatten, die bereits weggefahren waren.

»Und nun«, fügte sie mit einem Seitenblick auf die beiden jüngeren Mädchen neben sich hinzu, »wollten wir uns gerade anhören, was sie zu sagen haben.«

»Na dann schießt los«, sagte Nathan zu ihnen.

Für Amy schien die Situation deutlich unbehaglich zu sein, nervös sah sie ihre große Schwester an.

»Also, ich wollte wirklich nicht lauschen, aber ich musste unbedingt wissen, was ihr besprochen habt. Gestern. In deinem Zimmer. Deswegen bin ich zur Tür und ... ich habe gehört, was passiert ist ..., dass Nick entführt wurde.«

»Moment, was?«, unterbrach Lucy sie, »Du ... du hast alles gehört?!«

»Ja«, sagte Amy kleinlaut und blickte zu Boden.

»Ich fasse es nicht«, murmelte Lucy, »wieso hat niemand es mitbekommen?«

Olivia räusperte sich: »Ähm ... ich wollte sagen, dass ich etwas gehört habe, aber dann hast du angefangen, zu reden, und ich dachte, ich habe es mir nur eingebildet.«

Darauf wusste Lucy nichts zu antworten. Sie realisierte nämlich die Tatsache, dass Amy, die gerade mal fast acht Jahre alt war, so etwas mitgehört hatte.

»Und dann hast du es deiner Freundin erzählt und ihr wolltet selbst herausfinden, was es damit auf sich hat«, schloss Nathan die Erzählung.

Amy brachte nur ein Nicken zustande.

»Das ... das dürft ihr nie wieder machen!«, sagte Lucy eindringlich zu Amy, »Ihr wisst nicht, was hätte passieren können.«

»Zum Glück haben euch diese Männer nicht gesehen. Die sahen zwielichtig aus«, stimmte Liam ihr zu.

»Das haben wir auch bemerkt«, es war das erste Wort, das sie von Celina, Amys bester Freundin, hörten, die zuvor die ganze Zeit über geschwiegen hatte.

Lucy hätte die beiden gerne weiter über ihr Verhalten belehrt und wie besorgt sie gewesen war, doch Nathan schien das nicht zu interessieren.

Stattdessen fragte er: »Und? Was habt ihr herausgefunden?«

Kathrin klappte der Mund vor Empörung auf, dass er das jetzt einfach so locker ansprach, doch dann schien sie eben-

126

falls interessiert und auch Lucy konnte nicht verschweigen, dass sie unbedingt wissen wollte, was diese Männer hier zu suchen hatten.

»Erzählt einfach alles von vorne«, half ihnen Olivia auf die Sprünge, als sie sich verlegen ansahen.

Dann, endlich, begann Amy zu erzählen: »Also wir sind hier hingegangen und dann waren da diese Männer. Celina meinte, man dürfe solchen Leuten nicht trauen, außerdem könnten das ja seine ... seine ...«

»Entführer«, half ihr Olivia auf die Sprünge und Amy nickte.

»Seine Entführer gewesen sein. Deswegen haben wir uns versteckt, hier unter den Büschen.«

»Habt ihr das ganze Gespräch mitbekommen? Was haben sie gesagt?«, fragte Nathan erwartungsvoll.

»Ja, sie haben zuerst Schaufeln und so geholt und sind in Richtung Haus gegangen. Als wir uns sicher waren, dass sie weg waren, haben wir geguckt, aber sie waren da nicht.«

»Sie sind wahrscheinlich in das Haus gegangen«, ergänzte Celina und Amy nickte. Dann fuhr sie fort: »Irgendwann sind sie wiedergekommen und haben wieder etwas aus dem Auto geholt und dann waren sie wieder weg. Und dann kamen sie wieder ... und dann seid ihr gekommen.«

Lucy war etwas verwirrt. Was hatte das zu bedeuten? Was hatten diese Männer dort getan? Was es auch war, sie waren ziemlich auffällig. Wenn sie doch nur wüsste, wen sie gemeint hatten, als sie gesagt hatten: Er wird wütend sein.

Vielleicht arbeiteten sie für denjenigen. Denjenigen, der Nick entführt hatte ...

»Es hat so lange gedauert, bis ihr gekommen seid«,

schloss Amy die Erzählung.

»Es hat auch lange gedauert, euch zu suchen«, meinte Lucy trocken.

»Tut mir leid, aber ... aber als ich an deiner Tür vorbeigekommen bin und ihr über ihn geredet habt. Ich ... ich wollte nur wissen, was los ist. Ich vermisse ihn auch, seit mir erzählt wurde, dass er weg ist«, entschuldigte sie sich.

Lucy nickte verständnisvoll: »Schon okay, aber bitte mach in Zukunft nichts mehr Derartiges. Du bist noch zu jung dafür ... und wir auch. Wir werden das der Polizei überlassen«, mit diesen Worten brachten sie Celina und Amelie nach Hause.

Zudem beschlossen sie, sich ab sofort nicht mehr bei Lucy zu treffen, wenn sie solche Sachen besprechen würden. Amy hatte zwar versprochen nicht mehr zu lauschen, aber Lucy konnte ihr nicht vertrauen, was das anging, und so trafen sie sich zukünftig abwechselnd bei Olivia, Nathan oder Liam. Bei Kathrin war es nämlich ebenfalls zu riskant, wegen ihrer Familie.

Einige Tage später, es war Dienstag, hatten sie lange Schule und beschlossen wegen des schönen Wetters in der Mittagspause zur angrenzenden Wiese am Schulgelände zu gehen, um sich die Zeit zu vertreiben.

Liam, Nathan und Olivia spielten Karten, Kathrin wiederholte etwas für den Unterricht und Lucy sah den anderen dabei gedankenverloren zu. Als sie ihre Kartenrunde beendet hatten, sammelte Liam seine Karten ein und legte sie weg.

»Sag mal, meintest du das eigentlich ernst, Lucy? Ich meine, dass wir das jetzt der Polizei überlassen«, fragte er sie plötzlich, er sah sie dabei nicht an, sondern legte die Karten zurück in die Verpackung.

Lucy beobachtete ihn dabei und überlegte, was sie antworten sollte. Während sie hier in der Sonne saß, im Hintergrund das friedliche Geräusch spielender Kinder und ihre Freunde um sich herum, dachte sie kurz daran, dass es doch nichts bringen würde, wenn sie ihr Leben riskierten. Sie würden es sowieso nicht herausfinden. Doch dann stellte sie sich vor, wie Nick neben ihr sitzen würde. So wie früher in ihrer Kindheit und plötzlich fühlte sie wieder den Stich in ihrem Herzen, den sein Verschwinden hinterlassen hatte. Nein, wie hatte sie überhaupt nur daran denken können? Natürlich würden sie weiterhin versuchen, herauszufinden, was passiert war.

Schließlich antwortete sie, nachdem sie gründlich darüber nachgedacht hatte, mit einem einfachen: »Nein.«

Nun blickte auch Kathrin von ihrem Vokabelheft auf.

»Das habe ich mir auch schon gedacht«, sagte Nathan, »Das wäre dämlich. Nachdem wir schon so weit gekommen sind. Unser einziges Problem sind jetzt diese Männer. Ich frage mich, ob die schon öfter da waren und ob die was damit zu tun haben.«

»Die waren schon merkwürdig«, sagte Kathrin zustimmend und schlug ihr Vokabelheft zu.

»Ich frage mich, was die da wollten mit diesen Schaufeln und so«, murmelte auch Olivia und legte sich auf den Rücken.

»Glaubt ihr, die hatten was mit der Polizei zu tun?«, fragte Liam und kratzte sich am Hinterkopf.

»Die sahen nicht danach aus«, erwiderte Lucy.

»Außerdem haben sie nicht so geredet«, fuhr Kathrin

fort, »Sie haben wahrscheinlich eine Art Auftraggeber, was auch immer die dort zu suchen hatten.«

»Jap. Ich hoffe, die kommen uns nicht in die Quere, wenn wir da rein gehen«, sagte Lucy und blickte zu den anderen.

»Du, ähm, findest du das nicht ein bisschen riskant?«, fing Liam zögerlich an.

»Aber das hatten wir doch sowieso vor«, sagte Nathan entrüstet.

»Ja, aber diese Leute da.«

»Ist doch egal. Wir machen es so oder so. Wir brauchen einfach einen neuen Plan. Hat jemand eine Idee?«, fragte er in die Runde.

Olivia setzte sich auf und Kathrin holte ein Blatt mit einem Bleistift hervor: »Ich denke, wir sollten Wache halten. Wir müssen das Haus beobachten. Erst, wenn wir uns komplett sicher sind, dass dort niemand ist, können wir rein gehen.«

»Und was ist, wenn sie schon drinnen sind, wenn wir kommen?«, warf Nathan ein.

»Dann müssen wir es über einen längeren Zeitraum beobachten. Jede Auffälligkeit notieren. Irgendwann werden wir einen Plan haben, wann es sicher ist, dort rein-zugehen.«

»Das klingt nach Arbeit«, sagte Nathan niedergeschlagen.

»Na und?«, feixte Lucy, »Das müssen wir in Kauf nehmen.«

»Gut, angenommen, wir ziehen das durch. Wo verstecken wir uns?«

Kathrin, die nebenbei einen Grundriss des Hauses

gezeichnet hatte, überlegte, dann deutete sie auf eine Stelle der Karte und die anderen beugten sich über das Blatt.

»Ich denke, da ist ja so eine Ansammlung von Bäumen, da können wir uns verstecken. Und wir sollten Proviant mitnehmen«, fügte sie hinzu.

»Gut, so eine Taschenlampe könnte da auch nicht schaden«, stimmte Nathan ihr zu.

»Aber was genau machen wir eigentlich, wenn wir drinnen sind?«

»Wir suchen nach den konkreten Hinweisen. Jason hatte uns doch beschrieben, wo er reingegangen ist. Außerdem wäre das eine gute Gelegenheit zu gucken, was diese Leute da gemacht haben«, erklärte Lucy.

»Und wenn sie zurückkommen, während wir da drinnen sind?«, fragte Liam und schluckte.

»Ich sage doch. Wir brauchen Wachen und ein Signalwort. Sobald jemand kommt, was ich für unwahrscheinlich halte, müssen wir ein Zeichen geben«, mischte sich Kathrin wieder ein.

»Gut, dann wäre das jetzt unser neuer Plan«, sagte Nathan und blickte zum Himmel, an dem sich einige Wolken vor die Sonne geschoben hatten.

18

In den nächsten Tagen waren sie so oft wie möglich an dem Haus Nr. 33 vorbeigegangen. Bei jeder möglichen Gelegenheit hatten sie schauen wollen, ob sich irgendwelche Leute dort aufhielten, doch Fehlanzeige. Niemand war dort zu sehen gewesen. Kein einziges Auto oder eine Menschenseele hatten sie gesehen, wenn sie extra einen Weg vorbei an dem verlassenen Haus nahmen, möglichst nie allein.

Schließlich war der Tag gekommen. Sie beschlossen, es an einem Freitag zu tun. Direkt nach der Schule sagten sie ihren Eltern Bescheid, dass sie in die Stadt nebenan gehen würden. Niemand ahnte, was sie vorhatten. Niemand außer Amy, die Lucy ängstlich ansah, doch Lucy schüttelte den Kopf, als Zeichen, dass sie vor ihrem Vater nichts sagen sollte, und fing damit an, ihren Rucksack zu packen. Da sie sich zuerst auf die Lauer legen wollten, packte sie sich etwas zu trinken und zu Essen ein sowie eine Taschenlampe und ihren Glücksbringer, den ihre Mutter ihr geschenkt hatte, bevor sie gegangen war. Ein Schlüsselanhänger in Kleeblattform mit grünen Smaragden. Dann verließ sie das Haus. Wahrscheinlich würde sie die Erste sein. Sie wohnte am nächsten vom Ort des Geschehens. Doch als sie ankam, waren Kathrin und Liam bereits da. Kathrin begrüßte sie mit einem gezwungenen Lächeln. Liam zog sich gerade seinen Kapuzenpullover über.

Sie warteten, bis Olivia und Nathan angekommen waren.

Auch sie hatten Rucksäcke und Olivia setzte ihren ab, um ihre lockigen Haare zusammenzubinden, damit sie sie nicht stören würden. Sie alle hatten sich etwas dunkler gekleidet, fiel Lucy auf. Wahrscheinlich hatten sie alle denselben Gedanken gehabt. Das hier war eine Art Mission. Kathrin voran gingen sie zu ihrem Beobachtungsplatz. Er schien ein wenig heller als der Rest des Geländes, der eher dunkel und verwest schien, genauso wie das Haus.

Lucy schien nicht die Einzige zu sein, die sich unwohl fühlte, so nahe an der Bruchbude zu sein. Auch die anderen warfen gelegentlich kurze Blicke hinüber.

»Nett hier, oder?«, sagte Nathan und unterbrach die angespannte Stille, die sich über sie gelegt hatte, seitdem sie ihre Rucksäcke abgestellt hatten und in Richtung des Hauses blickten.

»Ich schlage vor, wir gucken, was wir so mithaben. Also Taschenlampe, Essen, Trinken, Handy und ... ah da ist es ja. Mein geliebtes Taschenmesser. Das hat mir mein Vater geschenkt. Nur für alle Fälle«, er sah sie an.

Der Reihe nach gingen sie durch, was sie für ihre Verteidigung mitgenommen hatten. Kathrin hatte ein Pfefferspray mit, dass sie einst von ihrem Onkel bekommen hatte. Liam hatte ebenfalls ein Taschenmesser und Olivia einen kleinen Elektroschocker, den sie von ihrer großen Schwester stibitzt hatte. Lucy fiel auf, dass sie die Einzige war, die nichts zur Selbstverteidigung dabeihatte. So schlimm würde es doch gewiss nicht kommen, oder? Sie hoffte einfach auf das Beste. Das niemand dort drinnen war und dass sie sich in Ruhe umsehen konnten. Mit nervösen Blicken machten sie es sich im Gras bequem und hielten Wache.

Es mussten bereits ein oder zwei Stunden vergangen sein. Sie hatten sich leise unterhalten und gegessen, während sie das Haus bewacht hatten. Doch nichts war passiert. Niemand hatte es betreten oder verlassen.

»Ich denke, es ist jetzt sicher«, äußerte Nathan sich und stand langsam auf. Die anderen taten es ihm nach, klopften sich den Dreck von der Hose und sammelten ihren Proviant zusammen.

Lucy machte sich die Jacke ganz zu und sah sich um.

»Ich glaube, wir sollten die Rucksäcke hier verstecken«, sagte Kathrin, »die könnten uns behindern.«

Die anderen nickten und sie versteckten ihre Sachen unter den Bäumen, nahmen aber vorher ihre Taschenlampen und Verteidigungswaffen heraus.

»Falls Lucy angegriffen wird, müssen wir sie beschützen«, scherzte Nathan.

»Haha, das müssen wir sowieso tun. Uns gegenseitig beschützen, meine ich.« Sie holte tief Luft und stellte dann ernst die Frage aller Fragen: »Also ... wer geht rein?«

Einen kurzen Moment sagte niemand ein Wort und Lucy dachte schon, sie hätten den Mut verloren, dann sagte Nathan: »Ich gehe.«

Olivia schloss sich an: »Ich gehe auch. Und du auch nehme ich an?«

»Ja«, antwortete Lucy.

Sie blickten zu Liam und Kathrin.

»Ähm, wenn es euch nichts ausmacht, würde ich lieber Wache halten. Ich will da nicht so gerne rein«, gab Liam zu.

Auch Kathrin nickte: »Wir werden Wache halten, keine Sorge. Wir brauchen aber ein Signalwort oder so. Falls jemand kommt, müssen wir euch warnen.«

»Ja ... wie wäre es mit ... hm ... Chase?«

»Wie bist du denn darauf gekommen?«, fragte Olivia belustigt.

»Naja, ich hab mal so eine Fernsehshow gesehen, wo Leute sich fangen müssen und wenn es losgeht, wird das immer gesagt. Ich dachte mir, der Täter wird uns doch fassen wollen, wenn er uns hier sieht und wir müssen uns dann verstecken, dann wäre das eine Art Verfolgung. Auch, wenn ich natürlich hoffe, dass das nicht passieren wird«, erklärte er mit einem verschmitzten Grinsen.

»Schon gut«, lachte Lucy, als Nathan seine Gedankengänge erklärte, »Lasst und loslegen.«

Mit einem letzten Blick zur menschenleeren Straße machten sie sich auf den Weg zum Haus. Kathrin gab Lucy ihr Pfefferspray mit der Begründung, dass sie es vielleicht dringender brauchen würde, und Lucy lies es in ihre Jackentasche gleiten. Die Sonne ging langsam schon unter, als Nathan die Tür aufstieß, die sich mit einem fürchterlichen Quietschen öffnete.

Lucy blickte in den dunklen Flur. Das war er nun also. Der Ort des Geschehens. Hier war Nick entführt worden.

Es war der Ort, vor dem sie sich so gefürchtet hatten. Hier hatte alles angefangen. Und hier würde es auch enden, wenn sie endlich Beweise fänden. Sie schalteten ihre Taschenlampen ein und mit einem unguten Gefühl betraten sie zu dritt das Haus.

»Viel Glück euch!«, rief ihnen Kathrin hinterher, doch ihr Lächeln konnte sie nicht täuschen, denn in Wahrheit hatten sie alle Angst.

Sie ließen die Tür selbstverständlich offen, ansonsten würden sie wahrscheinlich durchdrehen, nachdem was Nick hier passiert war.

»Boah diese Luft. Wir hätten lieber Atemschutzmasken mitbringen sollen. Ich hoffe, das wird hinter uns nicht einstürzen«, meckerte Olivia und hielt sich die Nase zu.

»Was ist hier passiert? Alles verwüstet«, bemerkte Lucy mit einem Blick auf den Fußboden. Überall lagen zerbrochene Gegenstände sowie zerknüllte Zeitungen und jede Menge Dreck. Offenbar lebten hier so einige Spinnen und Mäuse.

»Das Haus steht ja auch schon ziemlich lange leer«, beantwortete Nathan ihre Fragen.

Langsam gingen sie weiter.

»Das muss der Raum sein«, sagte Lucy. Sie hielt ihre Taschenlampe auf einen demolierten Türrahmen. Noch reichte das Licht, das aus der Eingangstür kam, aber bald würden sie sich auf das Licht ihrer Taschenlampen verlassen müssen, dachte Lucy finster.

»Gut, ich schlage vor, wir suchen dort zuerst«, sagte Nathan.

Lucy und Olivia nickten nur, von einem mulmigen Gefühl erfasst.

Nathan betrat den Raum als Erster. Er hielt einen Arm schützend vors Gesicht, bereit, wenn etwas auf ihn zuspringen würde. Doch nichts geschah. Der Raum war genauso verlassen, wie das Haus auch von außen aussah. Ganz hinten an der Wand, rechts von ihnen, thronte ein alter, großer Kamin, wo noch einige Holzscheite lagen.

»Wow, man erkennt wirklich kaum was. Wäre da nicht das Fenster, könnte man glatt meinen, Jason hätte uns eine

Lüge aufgetischt«, sagte Olivia, während sie zum Kamin ging.

»Entweder das oder der Täter hat die Spuren gut verwischt«, murmelte Nathan.

Links von der Tür sah man einen alten Schaukelstuhl, der mit Spinnenweben überzogen war. Und an der Wand gegenüber von ihnen war das Fenster, aus dem ein schwacher Lichtstrahl in den Raum gelangte, der dafür sorgte, dass man den Staub in der Luft schweben sah. Genauso wie Jason es erzählt hatte, war es eingeschlagen. Nick hatte versucht, dort zu flüchten, aber vergeblich. Hier waren seine letzten Momente gewesen. Einsam in diesem finsteren, gruseligen Zimmer. Was dachte sie da eigentlich wieder? Er lebte noch. Diesen Satz redete sie sich ein paar Mal in Gedanken ein, um sich wieder zu beruhigen. Ihre Gedanken wurden jedoch unterbrochen, als Olivia plötzlich laut einatmete und sich die Hand vor dem Mund hielt.

Nathan, der sich gerade den Sessel angesehen hatte, blickte nun ebenfalls erschrocken zu ihr und Lucy trat einen Schritt näher. Olivia deutete auf etwas vor ihnen.

»Was-«

»Da!«, sie hielt den Strahl ihrer Taschenlampe auf die Wand rechts, von der Perspektive der Tür aus gesehen.

Nathan kam nun ebenfalls näher, um zu sehen, was sie entdeckt hatten.

Neben vielen Kritzeleien an der Wand wie: Lauf!, stach ein Satz besonders hervor.

Er war in neongrün an die Wand gesprüht:

»Nick war hier ☺ «

19

Mit einem Schlag realisierte Lucy, dass alles, was Jason ihnen gesagt hatte, stimmen musste. Nick war tatsächlich hier gewesen. Das konnte keine Täuschung gewesen sein. Mit einem Mal wurde ihr eiskalt. Die Luft schien aus ihrer Lunge gepresst worden zu sein und ihr Herz raste. Was war, wenn sie nun auch entführt werden würden?

Einen Moment standen sie nur still vor der Wand, bis sie plötzlich Liams Stimme von draußen rufen hörten: »Hey! Alles okay bei euch?«

Nathan löste seinen Blick schnell von der Wand und drehte sich in Richtung Tür: »Ja. Keine Sorge ... wir haben hier nur etwas gefunden. Aber bleibt lieber dort und haltet Wache!«

Vorsichtig zog er Lucy und Olivia von der Wand weg, die sich immer noch nicht von dem Anblick lösen konnten, und ging dann zum Fenster. Seine Schritte knarzten auf dem Holzboden und ließen die Atmosphäre noch furcht-einflößender wirken. Nathan blieb vor dem zerbrochenen Fenster stehen und blickte es einige Momente lang genau an, während Lucy und Olivia zum Kamin gingen.

»Leute, kommt.«

Lucy stolperte rasch einige Schritte vor, bis sie neben ihm stand. Er deutete auf einige Punkte. Lucy verstand erst nicht. Wollte er ihnen den Dreck zeigen? Doch dann fiel ihr auf, dass diese Punkte nicht schwarz, sondern dunkelrot waren.

»Ist ... ist das Blut?« Olivia war plötzlich neben Lucy aufgetaucht.

»Sieht so aus«, murmelte Nathan, »Hier scheint jemand gut sauber gemacht zu haben, aber etwas hat er wohl vergessen.«

»Ich glaube das einfach nicht«, sagte Olivia und sah sich um. »Dieses Haus hat einfach eine schreckliche Vergangenheit. Was auch immer hier wirklich passiert ist«, sagte sie mit leiser, erschrockener Stimme.

Lucy stimmte ihr in Gedanken zu. Hier spukte es nur so vor Geheimnissen.

Sie sah sich im Rest des Zimmers um. Nathan hob gerade ein vergilbtes Papier hoch.

»Seht Mal. Die ist schon 30 Jahre alt!«

Lucy konnte mit Mühe die alte Schrift entziffern, die oben auf dem Blatt stand, welches Nathan ihnen hinhielt: Tagesblatt, Doolin 13.08.1985.

Leider konnte man kaum noch entziffern, über was die Zeitung an diesem Tag berichtet hatte. Lucy wandte sich ab und strich sich die Haare aus dem Gesicht. Es musste hier doch noch irgendeinen Hinweis geben. Vielleicht sollten sie den Rest des Hauses durchsuchen.

Während sich Olivia und Nathan über weitere Ausgaben der Zeitung beugten, machte Lucy zögerlich einige Schritte auf die Tür zu. Langsam ging sie weiter, den Strahl der Taschenlampe vor sich gerichtet, vielleicht sogar genauso wie Nick zwei Monate zuvor. Nun war sie im Flur. Da fiel ihr etwas, das in einer Ecke auf dem Boden lag, ins Auge.

»Lucy, wohin?«, fragte Olivia besorgt, die gesehen hatte, dass Lucy sich plötzlich entfernt hatte. Aber Lucy ging schon darauf zu. Was war das? Vielleicht etwas, was der Täter liegen gelassen hatte? Oder etwas, was durch den Vandalismus hier her gelangt war.

Sie trat näher, hockte sich hin und betrachtete den Gegenstand. Es war ein Turnschuh.

Olivia war nun neben ihr und folgte ihrem Blick und auch sie erstarrte. Dann ging sie näher ran, drehte sich plötzlich um und rief laut nach Nathan. Dieser zwängte sich ebenfalls hockend neben sie.

»Das ... das ist sein Schuh! Ich weiß es noch genau! Die hat er getragen, er hat damit vor den Sommerferien angegeben«, sagte sie verzweifelt und deutete mit zitternder Hand auf den schmutzigen, einst weißen Turnschuh. Nathan nickte nur. Und damit war Lucys Verdacht bestätigt.

Langsam streckte sie ihre Hand aus und berührte den Schuh. Das war doch nicht möglich! Sie berührte Nicks Schuh. Das Blut gefror ihr in den Adern. Er musste ihn verloren haben, als er sich hatte losreißen wollen. Nun hatten sie einen eindeutigen Beweis. Eindeutiger ging es doch nicht mehr.

Wenn sie das der Polizei zeigen würden ...

Doch in diesem Moment passierte plötzlich etwas völlig Irreales. Mit einem Mal ging Licht im Flur an.

»Was zum«, setzte Nathan an und legte seinen Kopf in den Nacken, um zur Lampe zu gucken. Auch Lucy musste sich vergewissern, dass sie sich nicht täuschte. Das Licht war schwach und es begann unablässig zu flackern.

»Wie ist das möglich?«, kreischte Olivia und sie drehten sich zu dem Lichtschalter um. Niemand hatte ihn gedrückt. Hier war doch niemand! Wie konnte das Licht angehen? Wie konnte es überhaupt noch funktionieren?

»Schnell raus hier!«, befahl Nathan und schubste sie zurück zur Tür, wo jetzt schon Liam und Kathrin standen.

Lucy riss sich los: »Aber, der Schuh-«

»Dafür ist jetzt keine Zeit! Hier ist jemand außer uns«, fuhr Nathan sie an und drängte sie weiter.

Lucy warf einen letzten Blick auf den Turnschuh, den Nick einst getragen hatte, dann gab sie auf und rannte mit den anderen raus.

»Was ist los?«, fragte Liam. Sie erkannte sein Gesicht im Licht ihrer Taschenlampen. Er starrte sie erschrocken an.

»Da stimmt irgendwas nicht!«, rief Nathan und Olivia überrannte beinahe Kathrin. Gemeinsam liefen sie zum Versteck ihrer Rucksäcke zurück und verharrten dort einige Minuten. Doch nichts geschah.

Niemand kam aus dem alten Gebäude, um sie zu verfolgen. Und so beschlossen sie, sich erst einmal von diesem Ort zu entfernen. Gerade als sie auf dem Bürgersteig abgebogen waren, kam ihnen ein Auto entgegen. Lucy fuhr erschrocken zusammen und sah sich panisch um. Verstecken konnten sie sich jetzt nicht, der Fahrer musste sie sowieso schon gesehen haben. Sie hoffte einfach, dass es nur ein zufällig vorbeifahrender Mensch war. Auch die anderen schienen dies zu hoffen. Angespannt gingen sie weiter. Doch zu ihrem Schrecken blieb das Auto neben ihnen stehen und ein Mann fuhr das Fenster runter.

Da erkannte Lucy, dass es Kathrins Onkel war. Ein Stein fiel ihr vom Herzen und nun erkannte sie auch das Auto. Sie hatten es von vorne nicht gesehen, das Scheinwerferlicht hatte sie zu sehr geblendet, denn wie Lucy gerade bemerkte, war die Sonne vor Kurzem schon untergegangen.

Sie mussten einen merkwürdigen Eindruck auf Mr. Young machen. Fünf Teenager, in der beginnenden Dunkelheit vor einem einsturzgefährdeten, alten Haus, denn er beugte sich zu ihnen und fragte besorgt: »Was macht ihr denn hier? Um diese Uhrzeit!«

»Äh, wir-«, setzte Katrin an.

»Wir kommen gerade von der Eisdiele. Wollten noch schnell zu Lucy«, kam Nathan ihr schnell zu Hilfe.

Nun, die Ausrede war nicht einmal schlecht, aber schien unwahrscheinlich, wenn man in ihre bleichen Gesichter sah.

»Hm, achso, ok«, murmelte Kathrins Onkel, auch wenn er ihnen nicht ganz zu glauben schien. »Na, dann beeilt euch lieber, bevor es komplett dunkel wird. Kathrin, ich möchte nicht, dass du allein hier draußen bist. Ich kann dich nach Hause bringen«, fügte er besorgt hinzu mit einem Blick auf die Uhr.

»Aber, ich hatte noch etwas zu tun. Außerdem bin ich nicht allein«, protestierte sie und deutete auf ihre Freunde, die um sie herumstanden.

Doch ihr Onkel ließ keine Widerrede gelten und Kathrin verabschiedete sich murmelnd von ihnen, dann fuhren sie weg. Zuletzt warf Kathrin ihr noch einen verstörten Blick zu.

Lucy konnte es ihrem Onkel nicht verübeln, schließlich war er Polizist und es war hier in letzter Zeit nicht gerade ruhig gewesen, was das Verschwinden von Teenagern anging, deshalb wollte er seine Nichte in Sicherheit wissen. Sie redeten kaum ein Wort, als sie sich tatsächlich auf den Weg zu Lucy machten. Sie waren einigermaßen gezwungen dorthin zu gehen, denn Olivia und Nathan wohnten weiter weg und Liam meinte, seine Mutter würde vor Wut toben, wenn sie zu später Stunde noch so viel Besuch kriegen würden.

»Was war das eben?«, fragte Lucy dann, als sie in ihrem Zimmer saßen, nachdem sie sich vergewissert hatten, dass ihr Vater unten weiter Fernsehen schaute und Amy tief und fest schlief.

»Keine Ahnung«, Nathan vergrub das Gesicht in den Händen, »Das war einfach unnormal, was da abging.«

»Das kannst du laut sagen«, stimmte Olivia zu und Lucy lief ein kalter Schauer über den Rücken.

»Wie konnten diese Lampen angehen?«

Diese Frage stellte sie nun zum gefühlt hundertsten Mal. Das war doch nicht möglich. Das Gebäude war kurz vor dem Einsturz, gewiss würde der Strom doch nicht mehr funktionieren, oder doch?

»Die dürften eigentlich nicht mehr funktionieren und außerdem hat niemand den Lichtschalter gedrückt«, sagte Nathan noch einmal.

»Niemand von uns«, murmelte Liam finster.

»Aber es ist doch niemand ins Haus reingekommen, oder?«, hakte Olivia nach.

»Natürlich nicht. Sonst hätten wir euch davon berichtet.« Liam schien beinahe gekränkt zu sein.

Lucy beschloss, ein Blatt Papier zu nehmen, um alles zu notieren, was sie bis jetzt wussten. Die anderen schauten ihr dabei zu und ergänzten gelegentlich etwas. Schließlich war sie fertig und betrachtete ihr Werk zufrieden.

»Also, er ist am 13.08. als vermisst gemeldet worden. Ein Tag vorher wurde er mit Jerry und seiner Clique gesehen. Sie haben die Mutprobe gemacht. Nick ist in das Haus gegangen und hat ... diesen Spruch an die Wand gesprüht und dann wollte er raus. Aber Jerry wollte ihn nicht rauslassen, sie haben die Tür blockiert und er meinte, er wäre nicht alleine. Er wurde verfolgt und ist zum Fenster gerannt, aus dem er flüchten wollte, aber dann wurde er von jemanden, den sie nicht erkennen konnten, zurückgezogen und weggeschleift. Dann sind sie abgehauen.«

Es war schrecklich, sich das erneut vor Augen zu halten, doch Lucy schüttelte die Bilder ab und sprach mit fester Stimme weiter: »Seitdem wurde er nie wiedergesehen. Die Polizei hat nichts gefunden. Die Einzigen, die, neben Jerrys Clique, wissen was passiert ist, sind wir.«

»Wir haben heute Beweise gefunden«, führte Nathan die Rede weiter, »Die Blutspuren, es gibt nichts Eindeutigeres, das an der Wand ...«

»Ich frag mich, wer diese anderen Sachen geschrieben hat und warum die Polizei das alles nicht gefunden hat«, unterbrach ihn Olivia plötzlich, doch er ignorierte sie, »Und seinen Schuh«, endete er schließlich.

»Er muss ihn verloren haben, als er ... ihr wisst schon«, meldete sich Liam das erste Mal zu Wort. Er wirkte blasser als sonst und Lucy konnte ihm das nicht verübeln, wahrscheinlich sah sie genauso schlimm aus.

»Wir wissen nicht, wer es war, und wir haben auch keine Ahnung, warum er es getan hat«, stellte Nathan klar.

»Was kann er denn getan haben, damit man so etwas Grausames mit ihm macht?«, fragte Lucy erschrocken.

»Egal wer es war und warum er es getan hat, Nick hat gekämpft«, sagte Olivia und Tränen bildeten sich in ihren Augen, »Er wollte freikommen, aber niemand hat ihm geholfen.« Sie schluchzte auf.

Lucy starrte sie an. Ihr fielen keine Worte ein, wie sie Olivia trösten konnte, denn sie hatte recht und Lucy ging es genauso. Er hatte gekämpft. Und sie waren es ihm schuldig, die Wahrheit ans Licht zu bringen.

20

Während der nächsten Tage versuchten sie alle krampfhaft herauszufinden, wer es gewesen sein konnte, der Nick entführt hatte. Denn ihren Berechnungen nach musste es jemand aus dem näheren Umfeld gewesen sein. Das Problem war nur, dass ihre Stadt zwar klein war, aber nicht so klein, dass sie alle Bürger kannten.

»Und zur nächsten Stunde erwarte ich einige Fotos von den verschiedenen Baumarten. Dann werdet ihr diese in der nächsten Stunde abzeichnen«, verkündete ihnen gerade ihre Kunstlehrerin, als Lucy ihre Sachen einpackte. Sie sah zu den anderen, welche ebenfalls mit genervten Gesichtsausdruck zu ihr blickten. Jetzt mussten sie auch noch in den Wald und Bäume fotografieren. So hatte Lucy sich ihr Wochenende nicht vorgestellt.

»Wir können doch einfach Fotos aus dem Internet nehmen. Als ob ich dafür extra in den Wald gehe«, maulte Nathan herum, als sie gerade zu einem Tisch in der Cafeteria gingen, und stieß Liam dabei fast um.

»Nein, das wird sie merken«, murmelte Kathrin, »ich finde, das ist eine sehr schöne Aufgabe.«

»Sagt die, die Porträte zeichnet wie Picasso«, bemerkte Olivia und sah sie von der Seite an, »Bei dem Wetter habe ich echt keine Lust in den Wald zu gehen.«

Das war nachvollziehbar, fand Lucy. In letzter Zeit regnete es fast ununterbrochen. Der Herbst war angebrochen. Und plötzlich kam Lucy eine Idee. Sie unterbrach Kathrin, die gerade irgendetwas davon redete, dass es doch einzigartig sei, die verschiedenen Merkmale von Bäumen auf dem Papier zum Ausdruck zu bringen.

»Wir können das doch zusammen machen! In dem Wald hinter dem Feld, das neben dem Haus ist.«

»Meinst du den Teil, wo der Friedhof ist?«, fragte Liam, »Da sind doch nur diese hässlichen Nadelbäume.«

»Nein, hinter dem Haus ist doch der Fluss und dahinter geht der Wald weiter. Ich war da früher oft. Es gibt dort sehr viele Bäume«, sagte sie.

Doch Olivia schien zu wissen, was sie im Kopf hatte: »Lucy, du hast doch nicht etwa vor ...?«

»Wieso nicht? Schadet doch nicht vorbeizuschauen, oder?«

»Aber nachdem, was da passiert ist, mit den Lichtern«, murmelte Liam nervös. Er rutschte unwohl auf seinem Stuhl herum.

Lucy sah sich in der Cafeteria um, ob jemand ihnen Beachtung schenkte, doch jeder schien in ein anderes Gespräch vertieft zu sein. »Habt ihr etwa schon unseren Schwur vergessen? Das wir herausfinden werden, was passiert ist, egal um welchen Preis?«

»Nein, natürlich nicht«, versicherte ihr Nathan sofort, »Ich glaube, Liam hat nur etwas Angst bekommen.«

»Habe ich nicht«, sagte Liam wütend und die restlichen Minuten der Pause sahen die beiden sich nicht mehr an.

Trotz allem wollten sie sich für ihre Hausaufgabe treffen und so kam es dazu, dass sie am Wochenende wieder einmal in der Nähe des Hauses Nr. 33 standen. Alle, ausgeschlossen Kathrin, die ihren Fotoapparat dabeihatte, da sie in ihrer Freizeit gerne fotografierte und zeichnete, hatten einfach ihr Handy mitgenommen. Leider hatte es in den letzten Tagen fast ununterbrochen geregnet und nun nieselte es wieder.

Kathrin und Olivia waren die Einzigen, die daran gedacht hatten einen Regenschirm mitzunehmen und so würden sie sich alle darunter quetschen müssen, wenn der Regen stärker werden würde. Lucy hoffte einfach, dass der leichte Nieselregen anhalten würde, bis sie ihre Fotos zu Ende geschossen hatten.

Doch als sie sich dem Fluss näherten, war ihr Plan, ihn zu überqueren und zu dem gegenüberliegenden Waldstück zu kommen, sofort gescheitert.

So wild und rasend hatte ihn Lucy noch nie gesehen. Es herrschte Hochwasser und die dunkle Flut stürmte so rasch dahin, dass sogar die kleine Holzbrücke, über die man früher hatte gehen können, um zur anderen Seite zu gelangen, überschwemmt wurde.

»Wie es aussieht, kommen wir da nicht rüber«, stellte Nathan fest.

»Gibt es denn keinen anderen Weg?«, fragte Kathrin frustriert.

»Ich fürchte nicht. Tut mir leid, das habe ich nicht bedacht«, erwiderte Lucy.

Nathan musste sein Grinsen unterdrücken. »Gut, äh, dann können wir ja wieder gehen.«

»Nein. Hier sind auch ein paar Bäume. Wir können die nehmen. Besser als gar keine«, erwiderte Kathrin.

Und so fotografierten sie die Bäume. Lucy glaubte endlich, fertig zu sein. Sie hatte schon das Gefühl für die Zeit verloren, denn sie hatten nicht nur unzählige Fotos von den Bäumen gemacht, sondern auch von sich.

»Wie soll ich das denn nennen? Vielleicht ›Stürmischer Herbsttag‹?«, fragte Kathrin gerade, als sie ein besonders schönes Bild gemacht hatte.

»Wie wäre es mit ›Fotoshooting im Regen‹? Ich finde wir können jetzt gehen«, murmelte Nathan missmutig.

Lucy gab ihm insgeheim recht. Der Regen war nun stärker geworden.

»Warte, nur noch ein Bild von der Pfütze da«, sagte Kathrin und hastete davon.

Lucy entfernte sich etwas und blickte rüber zu dem Haus Nr. 33. Es war in ungefähr fünfzig Meter Entfernung. Ein ungutes Gefühl beschlich sie. Würde es etwa schaden, wenn sie sich dort umsehen würden?

»Komm, lass uns dort noch ein Foto machen. Wir haben noch keins aus der Froschperspektive«, sagte sie zu Olivia und zog sie am Ärmel mit.

Doch Olivia entging nicht, wieso sie unbedingt dorthin wollte.

»Lucy, meinst du wirklich, es ist eine gute Idee, wenn wir dahin gehen?«

Lucy achtete nicht auf sie. Sie schien regelrecht hypnotisiert. Langsam kamen sie dem Haus näher.

»Wäre doch cool, wenn man es im Hintergrund sieht, oder? Hat was Mystisches an sich.«

Olivia nickte. Sie wusste anscheinend, dass es sinnlos war, ihr zu widersprechen. Und so hockten sie sich vor ihr Handy, um ein Bild zu machen.

»Sieht doch gut aus! Das wird definitiv eine Eins, wenn

sie sieht, wie viel Mühe wir uns gegeben haben.«

Aber Olivia antwortete nicht. Sie starrte erst auf das Bild und dann zum Haus: »Lucy ... bilde ich mir das nur ein oder hat das Haus da eine Hintertür?«, sagte sie langsam.

Lucy zoomte in das Foto rein und blickte dann zum Haus: »Du hast recht. Da ist noch eine Tür. Ich frag mich, wo die hinführt. Ich wusste gar nicht, dass es einen Keller hat.«

»Mhm«, murmelte Olivia und ging dann los: »Ich hol die anderen, okay?«

»Ja«, antwortete Lucy und wandte sich dann um. Bei diesem Wetter war doch bestimmt niemand hier, oder? Sie beschloss sich das näher an zu sehen. Als sie nur noch ein Gebüsch, von dem Graben trennte, der runter zum Haus führte, konnte sie die Tür deutlich erkennen. Vielleicht war sie offen! Sie schritt darauf zu und packte den Türgriff. Einen Moment glaubte sie, die Tür würde nachgeben und sich öffnen, doch es tat sich nichts.

»Schade«, murmelte sie und entfernte sich wieder. Wenn sie jetzt so überlegte, kam es ihr ihr gar nicht mehr sicher vor. Was hatte sie nur hierhin bewegt?

Da hörte sie rasche Schritte näher kommen durch den tosenden Regen, der nun wieder stärker wurde. Die anderen kamen laut plappernd zu ihr.

»Ich frage mich, ob die benutzt wird«, sagte Nathan, als er die Tür sah, doch Lucy blickte sich um. Ihr ungutes Gefühl im Bauch war nun stärker geworden.

»Ich sehe mich da hinten um«, sagte sie zu den anderen, welche ihr jedoch nur halb zuhörten, da sie ihre Aufmerksamkeit dem Erkunden nach weiteren Geheimgängen am Haus gewidmet hatten. Vorsicht gingen sie um das Haus herum und spekulierten. Lucy ging in die andere Richtung. Konnte es sein, dass die mysteriösen Männer wieder da waren? Es konnte nicht schaden, sich noch mehr umzusehen. Was war, wenn der Täter zufällig da war und ihre Stimmen gehört hatte?

Lucy entfernte sich weiter und folgte dem Rauschen des Flusses, dass sie weiter entfernt hörte.

Sie sah einer riesigen Krähe zu, die von einem Baum angeflattert kam und sich auf etwas Bläuliches setzte. War das eine Tüte?

Immer diese Umweltzerschmutzer, dachte Lucy genervt. Warum musste man einfach so seinen Müll herum liegen lassen? Sie lief weiter, bis sie nur noch zehn Meter von der Krähe entfernt war, die nicht wegflattern wollte und stattdessen ein paar Mal im Plastik herumhackte. Irgendwie schien dieser Müllsack ziemlich groß. Was war da drin? Hatte irgendjemand ein altes Möbelstück oder ein kaputtes Fahrrad hierhergetragen? Das passierte öfters. Die meisten Leute schienen das Wort ›Recycling‹ zu umgehen. Die Neugier packte Lucy und sie machte wieder ein paar Schritte darauf zu. Es war nass. Kein Wunder, der Fluss reichte fast bis zu dieser Stelle. Vielleicht hatte es, was auch immer das war, jemand in den Fluss geworfen und es war durch die Strömung nun hier hin gespült worden. Sie machte einen weiteren Schritt darauf zu, die Krähe flatterte erschrocken weg und Lucy beugte sich nun über die Folie. Wäre ihre Nase nicht verstopft gewesen wegen ihrer Erkältung, dann wäre sie wohl sofort zurückgewichen, wegen des Gestankes, den dieser Beutel ausstieß, doch noch roch sie kaum etwas, außer einen leicht modrigen Geruch, der von überall herkommen konnte. Begierig entfernte sie die

Folie. Irgendetwas Großes und Festes schien dort zu sein.

Und was Lucy sah, als sie die Tüte vollständig entfernt hatte, würde sie ihr Leben lang nie wieder vergessen. Es war so grauenvoll, wie das Schlimmste, das man sich nur vorstellen konnte. Es war schrecklich. Lucy stieß einen spitzen, von Grauen erregten Schrei aus, den man wahrscheinlich noch Hunderte Meter weiter hören musste. Sie stolperte zur Seite und schrie noch einmal auf, immer wieder bis ihre Stimme versagte und sie auf dem Boden zusammenbrach. Sie krümmte sich, zitterte am ganzen Leib. Sie wollte einfach nur aufstehen und wegrennen, aber jedes Mal, wenn sie hochkommen wollte, sackten ihre Beine unter ihr wieder zusammen. Es war ein ständiger Kampf und gerade als ihre Freunde mit bleichen Gesichtern angelaufen kamen, kippte sie in eisiges, kaltes Wasser. Sofort wurde sie von der Strömung mitgerissen, das Geschrei ihrer Freunde in den Ohren, während sie langsam in der unendlichen Schwärze versank.

Eine Hand schlang sich um ihren Fuß, bevor das Wasser sie mitreißen konnte.

Irgendwie hatten sie es geschafft, Lucy aus dem Wasser zu ziehen, denn als sie ihre Augen öffnete, lag sie wieder auf mehr oder weniger trockenem Boden unter ihr. Sie sah in das besorgte Gesicht von Olivia.

Nathan zog gerade seine Jacke aus und reichte sie ihr, um Lucy zu wärmen.

»Lucy! Sie ist wach!«, rief Olivia.

Sofort beugten sich vier Augenpaare zu ihr herunter: »Was ist passiert? Wieso bist du in den Fluss gefallen?«

»Ich glaube, wir sollten erst einmal nach Hause gehen, bevor sie völlig unterkühlt ist«, meldete sich Liam zu

Wort, »Ich habe das in einem Film gesehen, sie kann echt krank werden«, rechtfertigte er sich, nachdem ihm Olivia einen Seitenblick zugeworfen hatte.

Lucy wollte aufstehen, doch ihre Gliedmaßen schienen so schwer wie Blei zu sein und sie fiel wieder zurück.

Olivia kniete sich hinter ihr und half ihr, sich aufzusetzen. Es war ein regelrechter Kampf. Ihre Muskeln gehorchten ihr nicht.

»Ich wusste doch, das ist keine gute Idee. Vor allem nicht in diesem Abschnitt des Waldes. Ich hab's ja gleich gesagt«, fing Olivia an, ununterbrochen zu reden, »Hier ist es gefährlich, nur weil du dieses Haus im Auge behalten wolltest. Ich versteh ja, wir müssen ihn finden und-«

»Er ist tot! Er ist tot, Olivia!«, schrie Lucy plötzlich und der Druck hinter ihr lies nach, sodass sie sich nun aus eigener Kraft oben halten musste. Eine seltsame Stille umgab sie, sie hört allein das Blut in ihren Ohren rauschen.

»W-was?«, fragte Olivia mit bleichem Gesicht und verstummte. Auch die anderen sahen sie schockiert an.

»Wir werden ihn weder sehen noch hören oder sonst was! Er ist tot verdammt noch mal. Weg. Für immer«, schrie sie nun weiter. Sie sprach das aus, was sie gesehen hatte. Ja, ihr wurde die Tatsache bewusst und das schreckliche Bild, von ihm würde sie auch nie wieder aus ihrem Kopf bekommen.

»Ich glaube, es stimmt was nicht mit ihr«, sagte Liam leise.

»Ich habe i-ihn gesehen. Geht doch selbst gucken! Er ist hier!«, schluchzte sie und mit diesen Worten fiel sie wieder in sich zusammen. Sie wollte so viel mehr sagen, um die verdutzte Mimik aus ihren Gesichtern zu entfernen, doch sie bekam kaum genug Luft. Tränen liefen ihre Wangen hinab.

»Das ... das kann nicht sein«, sagte Nathan, man sah ihm seinen Schrecken deutlich an. Normalerweise war er der Gefassteste von ihnen.

»Sie ... sie meint doch nicht etwa diesen Müllsack da, oder?« Liams Stimme war heiser.

»Sie muss sich geirrt haben«, mit diesen Worten ging Nathan davon, Liam hinterher. Während Kathrin und Olivia bei Lucy blieben, die sich nun ein Duell mit den Wolken lieferte, wer den Boden am meisten nässte.

»Fuck! Fuck!«, drang einige Minuten später Nathans Stimme zu ihnen und Liam würgte, als müsse er sich übergeben.

»Sie hat recht!«, schrie Nathan panisch und blickte zu Olivia, die aufgestanden war, doch er hielt sie am Arm, »Glaub mir ... das willst du wirklich nicht sehen.«

Olivia wollte sich losreißen. Ihr Blick war auf die blaue Stelle im Wald geheftet, doch Nathan hielt sie eisern davon ab weiter zu gehen.

»Was, nein ... das kann nicht sein. Ihr könnt ihn nicht gesehen haben.« Auf Kathrins Verwirrung folgte Panik.

»Wir müssen die Polizei rufen«, sagte Liam mit leerer Stimme.

*

»Du hast Recht«, sagte Nathan und riss sich zusammen. Der Täter konnte noch in der Nähe sein ... und sie waren in Gefahr, wenn er mitbekommen hatte, dass sie ... Nathan wollte es nicht wahrhaben, wen er da gerade gesehen hatte, doch seine innere Stimme beendete den Satz automatisch ... Nick gefunden hatten.

Er musste einen kühlen Kopf bewahren und die Polizei rufen. Lucy war gerade kaum ansprechbar und auch er stand unter Schock, aber die anderen hatte es noch viel schlimmer getroffen.

Olivia war ebenfalls neben Lucy zusammengebrochen und Kathrin stand einfach nur mit ausdruckslosem Gesicht da.

»Lauf dort hin und hol sie hier her!«, gab er Liam den Befehl, der auch nicht wusste, was er mit sich anfangen sollte, während Nathan den Notruf wählte und auf eine Stelle zeigte, wo der Wald endete. Er war gerade der Einzige, der einen kühlen Kopf bewahren konnte.

Liam stürmte davon und Nathans Stimme überschlug sich fast, als er der Frau am Telefon erklärte, was passiert war. Er glaubte nicht, dass er sich klar ausdrückte, aber die Beamtin am Telefon sprach mit ruhiger Stimme und schließlich legte er auf.

Er hoffte, dass das alles nur ein böser Traum war, doch als er die Sirenen am Rande seines Bewusstseins hörte, wusste er, dass es keiner war.

21

Als Lucy ihre Augen öffnete, sah sie die vertraute Decke ihres Zimmers über sich. Das Zimmer, in dem sie aufgewachsen war.

Doch gerade kam ihr alles fremd vor. Ihr Kopf schmerzte und sie wusste nicht, wie sie hierhergekommen war. Was war passiert? Da war doch diese Hausaufgabe gewesen. Und sie waren in den Wald gegangen und dann...

Ab da wurden ihre Erinnerungen nur noch verschwommen. Nach einigen Minuten kam ihr plötzlich ein Bild in den Kopf. Es war ein Junge gewesen. Die Augen glasig und Schrammen im eingefallenen Gesicht. Der unglaubliche Gestank von Verwesung und mit einem Mal fiel ihr alles wieder ein. Dieser Junge war Nick gewesen. Es war ihr bester Freund gewesen, den sie verloren hatte. Nick war tot. Nun wusste sie es endgültig. Sie hatte seine Leiche gesehen. Sie würde ihn nie wieder lebend sehen. Nie wieder hören. Nie wieder mit ihm sprechen. Aber hatte sie das nicht schon vorausgeahnt? War ihr das nicht schon von Anfang an bewusst gewesen?

Vielleicht noch nicht an jenem Tag, als sie von seinem Verschwinden erfahren hatte, aber je mehr sie sich damit befasst hatte, desto stärker war der Gedanke in ihrem Unterbewusstsein gewesen. Doch sie hatte versucht, ihn zu verdrängen. Sie hatte es nicht wahrhaben wollen und den Gedanken verdrängt. Sie hatte nicht verfrüht die Hoffnung so wie alle anderen aufgeben wollen.

Und dann war da noch dieses merkwürdige Gefühl gewesen, als sie die Tür hinter dem Haus gefunden hatten. Irgendetwas hatte sie zu ihm gelockt. Sie war einfach ihrem Bauchgefühl gefolgt und das hatte sie auf die Krähe gelenkt. Natürlich hatte er wilde Tiere angelockt. Sie versuchte, den Gedanken wieder schleunigst zu verdrängen, ihr wurde übel.

Was war eigentlich nachher passiert? Irgendjemand hatte die Polizei gerufen, während sie in Olivias Armen geweint hatte. Sie hatte die Sirenen gehört. Würden die Polizisten ihnen nun endlich glauben? Nun konnte es doch keine Zweifel mehr geben, sie konnten sich ja nun nur noch auf den Täter fokussieren, denn er war ja tot. Einfach weg. Sie spürte, wie ihr eine salzige Träne über das Gesicht lief. Sie unternahm einen schwachen Versuch, sie wegzuwischen, doch es brachte nichts. Immer mehr Tränen huschten über ihr Gesicht, bis sie schließlich mit leerem Kopf liegen blieb und aufhörte zu weinen.

Langsam stand sie auf, um sich das Gesicht mit kaltem Wasser zu waschen. Sie hatte andere Sachen an, fiel ihr auf. Natürlich, es hatte geregnet und dann war sie in den Fluss gefallen. Sie musste just in diesem Moment niesen. Na großartig, jetzt war sie auch noch krank. Aber das war im Moment ihre geringste Sorge.

Sie hatte sich gerade wieder hingesetzt, da klopfte es an ihrer Tür. Sie gab nur ein schwaches ›Ja‹ von sich. Wer auch immer es war, ihr war es gerade egal, wie sie aussah. Verweint und krank. Doch sie blickte überrascht auf, als Olivia und Nathan reinkamen.

157

Sie sagte nichts, sondern blieb stumm sitzen. Olivia setzte sich neben sie und Nathan ließ sich auf ihren Schreibtischstuhl nieder.

Olivia sah so aus, als wolle sie etwas sagen, lies es aber sein. Lucy vermutete, sie hielt es für unnötig nach ihrem Wohlbefinden zu fragen.

»Sie glauben uns immer noch nicht«, murmelte Nathan plötzlich.

»Was?«, entfuhr es Lucy heiser, »Aber ... wir haben doch Beweise.«

»Die zählen ihrer Meinung nach nicht.«

»Aber immerhin haben wir sie dazu gekriegt, Jerry und seine Freunde zu befragen!«, sagte Olivia.

»Die werden es leugnen«, sagte Nathan hoffnungslos.

»Irgendwas wird ihnen bestimmt rausrutschen«, erwiderte Olivia.

Offenbar versuchte sie die Hoffnung nicht zu verlieren.

»Was ist passiert, als ...«, fing sie an.

Nathan unterbrach sie: »Ich habe die Polizei gerufen. Liam hat sie dahin geführt. Ihr wart kaum ansprechbar und dann haben sie unsere Eltern angerufen und die haben uns nach Hause gefahren. Ich glaube, Kathrin ist noch bei dir mitgefahren, weil du so aufgelöst warst. Mich und Liam haben sie schon befragt. Und ... die wollen uns Montag nach der Schule noch einmal alle genau befragen, was passiert ist. Uns wurde therapeutische Hilfe angeboten. Das wir noch zu jung waren, um so was zu sehen und so weiter«, sagte er mit genervter Stimme, was Lucy nicht so ganz nachvollziehen konnte. Sie für ihren Teil war immer noch geschockt.

»Wisst ihr ... einerseits bin ich auch froh, dass wir es mit eigenen Augen gesehen haben. Ich meine, jetzt können wir uns hundertprozentig sicher sein, dass wir nichts mehr machen können«, gab Nathan zu.

»Was heißt ›nichts mehr machen können‹?«, fragte Lucy sofort, »Wir müssen denjenigen finden, der ihm das angetan hat!«

Olivia wirkte nun alles andere als entspannt. »Aber ... die Polizei kümmert sich doch jetzt wieder drum, oder?«

»Sie wollten uns nicht helfen. Denkst du, sie werden es jetzt tun?«, fragte Lucy mit kalter Stimme.

»Natürlich!«, fauchte Olivia, »Sie müssen schließlich herausfinden, wer ihn umgebracht hat! Dir ist schon klar, dass wir es mit einem Mörder zu tun haben?«

»Apropos«, unterbrach Nathan sie, »Wer könnte es gewesen sein? Wir wissen es immer noch nicht.«

Doch Lucy hörte ihm gerade kaum zu. Was war nur in Olivia gefahren? Hatte sie nun auch Angst bekommen? Hatten sie hinter ihren Rücken ausgemacht, dass sie sich jetzt raushalten wollten? Aber sie waren der Spur doch schon so nah gekommen! Sie konnten das jetzt nicht liegen lassen.

»Ach Lucy! Warte doch erst ab, was diese Befragungen ergeben. Vielleicht weiß Jerry mehr, als er zugeben will«, sagte Olivia.

»Hallo? Ich habe euch gerade gefragt, ob ihr eine Ahnung habt, wer es war?«, wiederholte Nathan seine Frage unwirsch.

»Nein, sonst hätten wir es doch gesagt«, antwortete Lucy, »aber es muss jemand aus unserem Umkreis gewesen sein. Was auch immer er bei diesem Haus zu suchen hat. Wer war auffällig? Wer hatte viele Informationen?«, murmelte sie eher zu sich, als zu den anderen.

»Fox!«, rief Olivia auf einmal.

»Was?«, fragten Nathan und Lucy einsilbig.

»Als Liam und ich die Leute befragt haben, da war da dieser Mann, der, der am nächsten an diesem Haus wohnt. Mr. Fox. Er konnte uns doch die genauen Details sagen.«

»Er wohnt auch fast direkt daneben«, sagte Nathan verwirrt.

»Ja, aber du hättest seinen Blick sehen sollen, als wir ihm das Foto gezeigt haben. Er wollte uns die ganze Zeit abwimmeln. Man, mir ist es damals nicht aufgefallen, ich dachte nur, er war beschäftigt, aber es war doch Freitag Nachmittag! Der hatte bestimmt schon Feierabend! Da war irgendwas im Busch.«

»Schon verdächtig«, murmelte Lucy, »Wisst ihr, ob er auch befragt wird?«

»Ich weiß nicht, aber glaube kaum. Dabei bin ich mir sicher, dass er etwas damit zu tun hat!«, sagte Nathan.

»Ja, er wirkte sehr angespannt«, stimmte ihm Olivia zu.

»Ich denke, wir sollten ein Auge auf ihn werfen. Nur für alle Fälle«, meinte Nathan mit finsterem Gesicht.

»Und Lucy? Hast du schon mit deinem Vater geredet?«

»Nein, wieso? Ist er da?«

»Die Sache ist die: wir haben beschlossen, unseren Eltern nicht zu sagen, was wir dort gemacht haben, also das mit der Hintertür und das wir im Haus waren. Auch bei der Befragung. Wir sagen nur, dass wir zufällig dort waren wegen den Bildern, okay?«

»Ja, das war aufmerksam von euch. Ich werde ihm auch nichts sagen. Ansonsten hätten die wahrscheinlich einen falschen Verdacht wegen uns.«

»Ja, die trauen uns eh nicht, dieser Mr. Walsh oder Mr. Donnelly. Außerdem würden wir richtig Ärger von unseren Eltern bekommen, wenn die das wüssten«, sagte Olivia.

»Wir müssen jetzt gehen. Ich sag deinem Vater, dass du wach bist, okay? Der wird bestimmt mit dir sprechen wollen«, ergänzte sie und sie standen auf.

»Bis morgen ... und versuch einfach nicht dran zu denken, bitte. Sei stark. Wir schaffen das. Und lass uns morgen nicht allein«, waren Nathans tröstende Worte zum Abschluss.

»Werde ich nicht tun«, sagte Lucy bloß, ohne auf seine Worte einzugehen, und sie verließen das Zimmer.

Einige Minuten später kam ihr Vater in das Zimmer: »Wie geht es dir?«

»Gut«, antwortete Lucy und deutete ein schwaches Lächeln an.

»Oh, ich glaube, das war ein wenig taktlos von mir, ich meine, du musst immer noch unter Schock stehen.«

»Schon gut«, sagte Lucy und schluckte den Kloß in ihrem Hals herunter. Sie sollte nicht so besorgt wirken, wie sie wirklich war.

»Es hat manchmal vielleicht so gewirkt, als hätte ich keine Zeit, aber wenn etwas ist, dann kannst du ruhig mit mir sprechen. In letzter Zeit kamst du mir sehr beschäftigt vor und ich glaube nicht, dass es etwas mit der Schule zu tun hatte.«

»Wie kommst du denn darauf? Es ist alles in Ordnung mit mir. Es war nur ein blöder Zufall, dass wir ausgerechnet ... da waren«, versicherte sie ihm. Sie mochte es gar nicht ihn anzulügen, aber, wenn er erfuhr, was sie schon alles

161

getan hatten, hinter seinem Rücken ... es war besser, unauffällig zu sein. Irgendwie schien er schon gespürt zu haben, dass sie ihm die Wahrheit verschwieg, aber er ließ sich nichts anmerken.

»Dann gut. Ich weiß, es ist sehr hart für dich ... ich muss noch einmal kurz weg. Vielleicht möchtest du auch lieber allein sein. Oder du redest mit Amy. Wobei sie wahrscheinlich noch zu jung ist«, murmelte er und schritt zur Tür.

»Ach und ruf bitte deine Mutter an, sie macht sich schon totale Sorgen um dich«, mit diesen Worten ging er aus der Tür.

»Mache ich!«, rief ihm Lucy hinterher.

Es stellte sich heraus, dass ihre Mutter unglaublich besorgt war und Lucy musste ihr mehrmals versichern, dass alles in Ordnung war und kein Mörder hinter ihr her war. Sie verbrachte die meiste Zeit des Tages damit, mit Amy Filme zu schauen, während sie zwischendurch einige Anrufe bekam, die mit ihr über die Sache mit Nick sprechen wollten. Unter anderem einen von seinen Eltern. Es war ein unangenehmes Gefühl, denn seine Mutter schien am Boden zerstört zu sein, genau wie Lucy selbst, aber sie war ihr dankbar, dass sie ihn gefunden hatten, wenn es auch kein schöner Anblick gewesen war. Er sollte in genau einer Woche beerdigt werden und diese Woche würde nicht gerade leicht für sie sein, doch sie würden schon noch aufklären, wer Nick ermordet hatte, das war sie ihm schuldig.

22

Am Montag in der Schule hatte Lucy das Gefühl, dass wo sie auch nur hinging, jeder sie anzustarren schien. Mehrmals hatte sie schon gesehen, wie hinter ihrem Rücken getuschelt wurde, denn in ihrem kleinen Ort verbreitete sich so eine Nachricht natürlich schnell. Lucy war es leid, dass sie jeder entweder fragte, wie es ihr ging oder sie nur stumm und schüchtern angeglotzt wurde. Der Höhepunkt war jedoch, als sie ein jüngerer Schüler fragte, wie Nicks Leiche ausgesehen hatte.

Trotzdem hatte sie sich nicht abholen lassen, sondern war in der Schule geblieben. Denn der Unterricht lenkte sie immerhin etwas ab. Sie wurde nervös, wenn sie an die Befragung am Nachmittag dachte.

Als sie endlich die Schule an diesem Tag verließ, musste sie sofort los zur Polizeiwache. Überraschenderweise war ihr Vater extra früher von der Arbeit hergekommen, um sie, Kathrin und Liam dorthin zu fahren.

Olivia und Nathan wurden von Nathans Mutter gebracht. Plötzlich durchzuckte sie ein Gedanke. Was war, wenn die Polizei sie auf ihren bisherigen Besuch ansprechen würde, während die Eltern dabei waren? Dann wären sie in großen Schwierigkeiten, dachte Lucy und hoffte einfach auf das Beste.

Tatsächlich erwähnte keiner der Beamten auch nur ein Wort darüber, was sie ihnen vor ein paar Wochen gesagt hatten. Aber es waren schließlich auch weder Mr. Walsh noch Mr. Donnelly anwesend gewesen.

Sie und ihre Freunde warfen sich verstohlene Blicke zu, als sie nach einer guten halben Stunde entlassen wurden. Die Fragen waren etwas unangenehm gewesen, aber zum Glück hatte sich niemand von ihnen versprochen und ein Wort darüber verloren, dass sie das verlassene Haus betreten hatten. Ihnen wurde gesagt, dass die Gerichtsmedizin dabei war, den Todeszeitpunkt zu ermitteln, und die Ermittlungen wieder aufgenommen werden würden. Keiner von ihnen hatte eine passende Gelegenheit gewittert, um das Thema mit Jerrys Clique noch einmal anzusprechen. Lucy vermutete, dass diese dazu verhört werden würde, immerhin hatten sie ihnen schon erzählt, dass sie daran beteiligt waren.

Müde ging sie gerade die Treppen zu ihrem Zimmer herauf und dachte daran, dass sie morgen mit ihrem Vater zu den Matthews gehen würde, als er ihr hinterherrief, sie solle einmal runterkommen. Er hielt ihr einen Brief hin, während er selbst gerade in einer Zeitschrift umblätterte.

Auf dem Brief stand kein Absender.

»Und? Von wem ist er?«, fragte ihr Vater gerade. Lucy war zu perplex, um zu antworten. Ein merkwürdiger Gedanke kam ihr. Was, wenn er von jemanden kam, der sie auf das Haus ansprach? Das wäre äußerst riskant.

»Äh … ich glaube, der ist von Tante Rosalie«, lügte sie deshalb nur unbeholfen.

Nun ja, so eine schlechte Ausrede war es schließlich nicht, denn ihre Großmutter hatte ihr tatsächlich mal einen Brief geschrieben, weil sie nicht viel von Technik hielt. Möglicherweise wollte sie in diesem ihr Beileid bekunden.

Unauffällig stahl sie sich langsam aus dem Flur heraus und huschte die Treppen nach oben. Ihre Niedergeschlagenheit war mit einem Mal verflogen. Sie wollte unbedingt wissen, wer diesen Brief verfasst hatte. Nachdem sie die Zimmertür hinter sich geschlossen hatte, riss sie den Umschlag auf und faltete den Brief auseinander. Doch ein seltsamer Anblick bot sich ihr. Der Text war mit großen, bunten Buchstaben aufgeklebt worden:

Lass das herumschnüffeln. Keine Polizei mehr. Oder deine Schwester endet genauso.

Lucy las sich diese Drohung mehrmals durch, bis sie realisierte, was sie bedeutete. Woher wusste der Absender, dass sie nachgeforscht hatten? Woher wusste er, wer sie war? Und was sollte das bedeuten? War Amy nun in Gefahr?

Sie setzte sich mit dem Brief in der Hand auf ihr Bett und dachte nach. Entrüstet, wie sie nun weiter vorgehen sollte. Sie hatte Angst um ihre Schwester, aber gleichzeitig wollte sie auch in Erfahrung bringen, wer Nick das alles angetan hatte. Eines war jetzt klar: Es musste jemand aus ihrem näheren Umfeld gewesen sein. Der Gedanke, dass der Täter sie kannte, ohne, dass sie wusste, wer er war, ließ sie Gänsehaut bekommen.

Sie beschloss es, ihren Freunden zu erzählen und dann zu entscheiden, was zu tun war.

Doch als sie am nächsten Tag in die Schule kam, ihr Vater hatte sie gebracht, kamen die anderen schon auf sie zu und sie verzogen sich in einer leeren Ecke.

»Lucy, hast du auch einen dieser Brief bekommen? Mit

was hat er dir gedroht?«, fragte Olivia sofort. Lucy war ein wenig überrumpelt.

»Mit meiner Schwester. Dann hattet ihr also auch welche?«

»Ja, wir alle. Was sollen wir machen?«

Alle guckten sie an, als ob die Entscheidung von ihr abhinge.

»Ähm, ich …«, fing Lucy zögerlich an.

»Wir können nicht weitermachen«, unterbrach Liam sie.

»Aber wir müssen! Was ist mit unserem Schwur? Wir dürfen nicht aufgeben! Ihr habt es versprochen!«, sagte sie verzweifelt und starrte in die Gesichter ihrer Freunde.

Liam sagte nichts, sondern musterte seine Schuhe, als ob diese interessanter wären.

Mit was er ihnen wohl gedroht hatte? Wahrscheinlich auch mit ihrer Familie. Er würde doch nicht alle davon entführen oder so … ?

»Aber wir können nicht weiter machen. Er hat uns gedroht!«, fing Kathrin an.

»Na und? Der tut doch nur so!«

»Lucy, ich bin zwar auch deiner Meinung, aber findest du es nicht komisch, dass er uns kannte? Er wusste unsere Namen, unsere Adressen und wie er uns bedrohen kann. Das sieht nach jemand Gefährlichen aus!«, meinte Nathan.

»Jemand, den wir kennen«, fügte Lucy hinzu.

»Aber es kann doch nicht Mr. Fox gewesen sein. Der kannte uns vorher kaum«, sagte Kathrin kopfschüttelnd.

»Hier kennt doch jeder, jeden. Da wäre es doch möglich, dass er sich informiert hat, oder?«

Als sie keine Antwort bekam, wandte sie sich entrüstet ab und machte sich ohne ein weiteres Wort auf den Weg zum nächsten Unterricht. Es konnte doch nicht sein, dass sie nun aufgegeben hatten? Wie? Sie waren so weit gekommen. Und nun ließen die anderen sie einfach im Stich! Sie hatten so viel durchgestanden, nun sollten sie nur noch mehr zusammengewachsen sein! Aber nein! Sie drückten sich! Wegen lächerlicher Drohbriefe.

Lucy spürte plötzlich eine ungeheure Wut ihren Freunden gegenüber. Das konnte doch alles nicht sein. Sie waren ihrem Ziel so nahe gewesen. Sie wusste, dass jemand Nick an jenem Tag ermordet hatte. Sie hatten Beweise, seine Leiche, die Spuren in dem Haus. Und diese Person, die sie sich an ihrem ersten Schultag bei dem Haus eingebildet hatte, war echt gewesen. Vielleicht war es sogar sein Mörder gewesen, der ihn kurz zuvor kaltblütig ermordet hatte. Einfach so, ohne Grund. Hätte sie doch nur sein Gesicht gesehen. Ihnen fehlte jetzt nur noch, wer der Täter war und warum er Nick ermordet hatte. Es schien so, als müsste sie das allein herausfinden.

Den Rest des Tages hatten sie alle kein Wort mehr miteinander geredet. Jeder schien es vorzuziehen zu schweigen, um in keine brenzlige Situation zu kommen. Dieser stille Streit fühlte sich so an, als wäre eine kalte Mauer zwischen ihr und ihren Freunden. Womit hatte sie das verdient? Sie waren doch alle Freunde und sollten zusammenhalten, oder etwa nicht?

Als sie an diesem Tag nach Hause ging, konnte sie das Gefühl, hintergangen worden zu sein, nicht unterdrücken, auch wenn im Inneren ihres Kopfes die Angst um ihre

167

Schwester spukte. Wäre sie nicht rücksichtslos, wenn sie trotz der Drohung weiter machen würde? Aber was war, wenn der Täter gar nichts davon mitbekam? Sie würde ihre Nachforschungen unauffällig machen müssen.

An diesem Tag ging sie mit ihrem Vater außerdem noch zu Nicks Eltern. Sie hatten zwar schon am Telefon mit ihnen geredet, aber ihnen gegenüber zu stehen, das war etwas anderes.

Mr. und Mrs. Matthews begrüßten sie nett, auch wenn sie ein wenig angeschlagen wirkten. Beide hatten dunkle Ringe unter den Augen und schienen ein paar mehr Falten zu haben, als Lucy sie in Erinnerung hatte. Sie setzten sich in das Wohnzimmer, das Lucy noch bekannt vorkam und ihr Vater unterhielt sich ein wenig mit ihnen, doch Lucy konnte es kaum aushalten. Sie konnten doch nicht einfach so tun, als ob nichts passiert wäre. Sie sah auf dem Kaminsims Fotos von Nick und Blumen sowie Beileidskarten auf dem Tisch.

»Es tut mir so leid!«, unterbrach sie schließlich das Gespräch, als sie es nicht mehr aushielt.

Mr. Und Mrs. Matthews sahen sie kurz verdutzt an, dann hob Mr. Matthews beschwichtigend die Hände: »Nein, Lucy, uns tut es leid, dass du so was mit ansehen musstest. Das muss schlimm für dich gewesen sein.«

»Noch schlimmer für Sie!«, erwiderte Lucy trotzig und Mrs. Matthews nahm sich ein Taschentuch, um ihre Augen abzutupfen, da sich einige Tränen dort gesammelt hatten.

»Tut mir leid«, sagte Lucy sofort, die anscheinend etwas zu plötzlich gewesen war.

»Schon gut. Deswegen seid ihr hier. Um zu reden«, sagte Mrs. Matthews mit leiser Stimme.

»Ihr habt es jetzt wahrscheinlich schon zu oft gehört, aber er war einfach zu jung«, sagte Lucys Vater nun, »Er wurde euch zu früh genommen. Ich kann mich noch erinnern, wie er damals mit Lucy gespielt hat. Den ganzen Tag waren sie draußen.«

Mrs. Matthews nickte.

»Das waren schöne Zeiten, nicht Richie?«, sagte sie und sah zu ihrem Mann. Dieser stand auf und wendete das Gesicht dem Fenster zu.

»Ich möchte einfach nur wissen, wer dafür verantwortlich ist. Aber die Polizei meint, es ist hoffnungslos. Keine DNA-Spuren«, die letzten Worte fügte er leiser hinzu, mehr an sich selbst gewandt.

»Aber wir können doch etwas tun!«

»Lucy! Ich habe es dir schon einmal gesagt. Hört, auf die Schuld bei euch zu suchen, und überlasst diese Arbeit der Polizei!«, erinnerte sie ihr Vater.

»Aber das ist unfair!«, protestierte sie.

»Lass gut sein«, sagte Mrs. Matthews, »ihr habt schon genug getan. Uns ist nicht entgangen, dass ihr euch sehr engagiert habt mit dem Suchtrupp.«

Lucys Vater sah sie fragend an, doch Lucy ignorierte ihn und wollte gerade etwas erwidern, da warf ihr, ihr Vater einen warnenden Seitenblick zu und wechselte das Thema: »Wer kommt alles zur Beerdigung?«

»So, wie es aussieht halb Doolin«, sagte Mr. Matthews, »Ihr kommt auch, oder?«

»Selbstverständlich«, antwortete ihr Vater, »Wir werden da sein.«

Als sie wieder zu Hause waren, verzog sich Lucy auf ihr

Zimmer. Sie wäre liebend gerne raus gegangen, aber überraschenderweise hatte ihr Vater sie aufgehalten. Anscheinend schien er sich nun auch Sorgen zu machen, wie die meisten anderen Eltern, die ihre Kinder seit dem Fund der Leiche in ihrer Gegend nicht mehr allein rausließen.

Ihr Vater ließ sich von so etwas normalerweise nicht so leicht beunruhigen, doch anscheinend hatte sich dies nach diesem Gespräch geändert. Deswegen ließ sie ihren Frust in ihrem Zimmer aus. Wieso wollte den niemand etwas unternehmen? Es war klar gewesen, dass sich ihr Vater und Nicks Eltern Sorgen machten, aber nun standen nicht einmal mehr ihre Freunde hinter ihr. Es schien so, als hätten alle die Hoffnung aufgegeben. Alle außer ihr.

Es war ein Teufelskreis und sie kam einfach nicht aus ihm raus. Wie konnte sie herausfinden, wer der Täter war? Sie brauchte eindeutig Hilfe, aber wer könnte ihr bei so etwas behilflich sein?

23

Zwei Tage später saß sie mit den anderen in der Cafeteria zusammen. Langsam schienen sich die Unstimmigkeiten zwischen ihnen aufgelöst zu haben.

Liam und Nathan unterhielten sich über irgendein Videospiel, Olivia und Kathrin redeten über irgendeine Band, doch Lucy hörte ihnen nicht zu. Sie dachte krampfhaft daran, wie sie weiter vorgehen sollte. Sie musste herausfinden, wer der Täter war. Ihr Blick huschte durch die Cafeteria und blieb an einer kleinen Gruppe hängen. Sie hatte doch sowieso nichts zu verlieren. Was sollte schon passieren, es war ja nur eine einfache Frage.

Sie nahm ihren ganzen Mut zusammen und stand auf. Die überraschten Blicke ihrer Freunde im Rücken spürend, ging sie geradewegs auf die Gruppe zu. Es war ihr egal, sie konnte das auch allein schaffen. Zielstrebig bannte sie sich ihren Weg durch die Tischgruppen bis sie genau vor ihnen stand.

»Was willst du denn hier?«, fragte Jordan, der mit dem Gesicht zu ihr stand. Das führte dazu, dass sich Jerry und Jason umdrehten.

»Ist so! Verschwinde!«, zischte Jerry bedrohlich. Doch Lucy zwang sich, nicht zurückzuweichen: »Ich habe nur eine Frage-«

»Was willst du uns denn fragen? Geh zurück zu den anderen Losern!«, rief Jordan zurück.

»Jetzt lass sie doch wenigstens ausreden!«, sagte Jason. Er blickte sie an, sein Gesicht war nicht gerade freundlich, eher fragend, aber immerhin war er netter zu ihr.

Jerry flüsterte Jordan etwas ins Ohr und sie kicherten lächerlich. Dann wandten sie den Blick kurz zu Jason und sahen sie schließlich abwartend an.

Lucy räusperte sich. »Ich wollte fragen-«, mit einem Mal fiel ihr auf, dass sie Jason gerade in Schwierigkeiten brachte, auch, wenn Jerry sich doch bestimmt Gedanken gemacht haben musste, bei der Hausdurchsuchung und der möglichen Befragung, zu der sie vielleicht schon gezwungen gewesen waren. Andererseits waren Jerry und seine Freunde nicht gerade die Hellsten. Es war zu wichtig. Jason würde schon eine Lösung finden.

Entschuldigend blickte sie ihn an, dann fuhr sie fort, an die desinteressierten Gesichter gerichtet: »Ich wollte euch fragen, ob ihr den Mann erkannt habt. Der, der Nick-«

Plötzlich verschwand der Spott aus Jerrys Gesicht.

»Woher weißt du davon?«, fuhr er sie ruckartig an, dann wandte er sein blasses Gesicht zu Jason, »Ich wusste doch, du würdest deine Klappe nicht halten können!«

»Ich habe gar nichts gesagt!«, verteidigte sich Jason.

»Ist doch egal! Wisst ihr jetzt, wer es war? Habt ihr ihn erkannt?«, funkte sie dazwischen.

»Das geht dich gar nichts an. Halt dich da raus!«, fuhr Jerry sie erneut an und machte einen Schritt auf sie zu.

Glücklicherweise ertönte just in diesem Moment die Schulklingel und Lucy machte sich schleunigst auf den Weg zum Unterricht. Sie konnte im Lärm nur noch hören, wie Jerry mit Jason stritt, aber das war ihr gerade egal. Es hatte rein gar nichts gebracht. Sie wollten ihr nichts sagen und jetzt hatte auch noch Jason Ärger am Hals. Wieso interessierte sie das überhaupt? Das war doch nicht ihr Problem.

Als die Schule schließlich zu Ende war und sie gerade zum Parkplatz ging, denn ihr Vater hatte es nun geschafft, genug Zeit einzuplanen, um sie und ihre Schwester abzuholen, tauchte Olivia an ihrer Seite auf: »Hey Lucy, was hast du eigentlich eben bei Jerrys Clique gemacht? Sag bloß, du bist da jetzt auch drinnen«, sagte sie spöttisch.

Aber Lucy überhörte den Ton und sah sie nicht einmal wirklich an, als sie antwortete: »Kann dir doch egal sein.«

Vielleicht war es etwas übertrieben immer noch beleidigt zu sein, aber Lucy hatte sich immerhin von ihrer besten Freundin etwas mehr Verständnis gewünscht.

»Schön, dann nicht«, sagte Olivia mit säuerlichem Tonfall. Und schon sah Lucy sie davon stolzieren zu Nathan, der an der Bushaltestelle auf sie wartete. Sie zwang sich, den Blick abzuwenden, und ging zügiger zum Auto ihres Vaters.

Ihr Vater war zwar überaus besorgt, aber er wollte nicht ein weiteres Mal in dieser Woche bei seinem Chef fragen, ob er den restlichen Tag frei bekam, um Amy zum Tanzunterricht zu bringen. Daher bot Lucy an, dass sie doch mit ihr gehen könnte. Ihr Vater war davon nicht begeistert, hatte jedoch keine andere Wahl, da Amy unbedingt hinwollte, und daher musste sie ihm versprechen, dass sie ihr Handy mitnahm und jeden Moment erreichbar war.

Als sie Amy hingebracht hatte, beschloss sie, kurz rauszugehen, um etwas frische Luft zu schnappen. Sie würde doch nicht eine Stunde da drinnen sitzen bleiben.

Gerade hatte sie das Gebäude verlassen, da kam ihr jemand Bekanntes entgegen.

»Jason? Was machst du denn hier?«

»Oh, hi, ich war eben beim Kiosk da drüben«, sagte er und hielt eine Dose Cola hoch, »Und was machst du hier?«

»Ich habe meine Schwester zum Tanzen gebracht«, sagte Lucy und blickte an ihm vorbei. Sie spürte es. Gleich würde er sie darauf ansprechen.

»Tja, dann sind wir jetzt wohl beide allein, stimmt's?«

»Was meinst du?«, fragte sie überrascht.

»Ich habe gesehen, dass du dich mit deinen Freunden gestritten hast, und dann dachtest du wohl, du könntest mir meine auch noch nehmen, oder?«, sagte er trocken und trank einen Schluck von seiner Cola.

Lucy zuckte zusammen. Wenn er es so sagte, dann hörte es sich ziemlich gemein an, aber sie hatte das doch lediglich gemacht, weil sie es unbedingt hatte wissen wollen.

»Tut mir leid.«, brachte sie nur hervor.

Sie schwiegen einige Sekunden, dann fügte sie hinzu: »Aber es war wirklich wichtig. Ich musste es wissen.«

Sie dachte, er würde wütend auf sie sein, sie klagend ansehen, doch er antwortete mit gleichgültiger Miene: »Ach egal, sind sowieso Idioten. Ich verstehe nicht, was ich eigentlich noch bei denen gemacht habe.«

Verwundert blickte sie ihn an. Dann konnte sie es sich nicht verkneifen: »Ach, das fällt dir jetzt erst auf.«

»Ja. Dumm, oder? Ich hätte es schon damals wissen müssen. Und zu deiner Frage: nein, ich habe ihn nicht erkannt. Er hatte eine Kapuze über und war komplett schwarz gekleidet.«

»Oh. Achso. Schade.«

»Du scheinst dich echt hineinzusteigern, oder? War wohl ein richtig guter Freund von euch?«

»Zumindest von mir«, sagte sie mit kalter Stimme und vergrub die Hände in ihren Jackentaschen, »Die anderen scheint es ja nicht mehr zu interessieren.«

»Das ist der Grund, wieso ihr euch gestritten habt?«

Sie seufzte.

»Ja, das ist der Grund. Dabei waren wir so nahe dran! Und dann kamen diese bescheuerten Briefe!«, sprudelte es aus ihr heraus.

»Das ist der Grund, wieso Jerry nicht in der Schule prahlt. Der hat Angst bekommen.«

»Wie bitte, was?«

»Wir haben die auch bekommen, wenn wir gerade von denselben reden?«, er runzelte die Stirn, »Wurde euch auch gedroht?«

»Ja! Er hat gedroht meiner Schwester etwas zu tun, wenn ich weiter nachforsche.«

»Und du machst es trotzdem?«

»Naja, ich ...«

»Ah, verstehe«, er nickte und musterte sie dann, »Weißt du, wenn du mich fragst, ist das völliger Schwachsinn. Ich habe nur nichts gesagt, wegen Jerry, aber das ist dann wohl auch egal jetzt, oder?«

»Wie meinst du das?«

»Ich finde es halt auch ziemlich scheiße. Vielleicht kann ich dir ja helfen.«

Endlich schien sie jemand zu verstehen. Sie starrte ihn an: »Wirklich? Du ... du meinst das ernst?«

»Völlig ernst. Auch, wenn ich keine Ahnung habe, auf

was ich mich hier einlasse.«

Sie sah ihm prüfend in die Augen. Er schien nicht zu lügen.

»Ähm. Das ist ... nett von dir«, sagte sie unbeholfen. Sie hätte nie gedacht, dass sie diese Worte einmal an jemanden aus Jerrys Clique richten würde.

»Also, wenn du meinst, dass ihr schon nah dran wart, heißt das, ihr habt schon eine Vermutung, wer es sein könnte?«

»Hm, ich denke, dass Mr. Fox etwas damit zu tun hat. Das ist der Mann, der direkt neben dem Haus wohnt. Er war etwas verdächtig, als Olivia ihn befragt hat. Sie meinte, er wirkte richtig nervös und er wusste, dass ihr an diesem Tag da wart, hat aber nichts der Polizei gesagt!«

»Echt? Interessant. Und das ist der einzige Grund, wieso du ihn verdächtigst?«

»Was heißt der Einzige? Das sind mehrere!«

»Oh, ok, dann halt mehrere. Und was willst du jetzt machen?«

»Ehrlich gesagt, weiß ich das nicht. Ich kann ihn schlecht alleine befragen, oder?«

»Wer hat gesagt, dass du das allein machen musst? Ich komme mit«, schlug er vor.

»Jetzt gleich?«

»Wieso nicht. Wenn du gerade Zeit hast?«

Lucy sah auf die Uhr. Sie hatte noch vierzig Minuten, bis Amys Tanzstunde vorbei war. Bis dahin waren sie bestimmt schon längst wieder zurück. Entweder jetzt oder nie.

Ihr Vater würde sie später bestimmt nicht mehr allein rauslassen.

»Okay, dann los«, sagte sie und sie machten sich schnell

auf den Weg. Nach zehn Minuten waren sie bereits da. Es war das am naheliegendste Haus. Das musste es sein! Zögerlich betrat sie den Garten, Jason ging hinter ihr. Sie wollte klingeln, doch die Klingel war kaputt, wie sie feststellte, deshalb klopfte sie zögerlich. Nachdem nichts geschah, kam Jason vor und klopfe ebenfalls. Diesmal etwas lauter.

»Vielleicht sind sie nicht da«, mutmaßte Lucy.

»Wieso steht dann das Auto da vorne?«, konterte Jason zurück und deutete auf einen Kombi hinter ihnen.

In diesem Moment ging die Tür auf. Jason zog seine Hand schnell zurück und vor ihnen stand eine stämmige Frau mittleren Alters.

»Oh, hallo, sie müssen Mrs. Fox sein, oder? Könnten wir bitte mit ihrem Mann sprechen?«, fragte Lucy höflich.

Die Frau blinzelte kurz, dann drehte sie sich ohne ein weiteres Wort um und rief nach ihrem Mann. Als er in ihrem Sichtfeld erschien, ging die Frau zurück in ein anderes Zimmer, um ihnen Platz zu machen.

»Hallo. Wie kann ich euch helfen?«

Mr. Fox hatte schütteres Haar, schien ein paar Jahre älter als seine Frau zu sein und trug ein altes Hemd. Lucy wollte gerade den Mund aufmachen, da wurde sie von Jason unterbrochen, der sich an den Türrahmen lehnte.

»Was wissen sie über Nick Matthews? Sie waren doch hier, als es passiert ist, oder nicht?«, fragte er einfach direkt ohne ein Wort des Grußes.

Lucy warf ihm einen verdutzten Blick zu, doch er ignorierte sie.

»Oh, ihr seid das wieder. Ja, ich habe etwas gehört an jenem Tag. Wie gesagt. Aber ich habe gar nichts damit zu tun, okay?«

»Wie erklären Sie dann, dass Sie der Polizei gar nichts gesagt haben?«

Mr. Fox wurde kreidebleich im Gesicht, warf einen Blick auf Jason und wollte ihnen die Tür vor der Nase zu schlagen, doch Jason schob blitzschnell seinen Fuß in den Türspalt.

»Ich habe ihnen eine Frage gestellt«, wiederholte er.

»Was weiß ich, geht weg, ihr habt hier gar nichts zu suchen, vor allem du! Ihr habt bekommen, was ihr wolltet, was soll das jetzt?«, schimpfte Mr. Fox, »freche Bengel!«

»Was haben Sie gesehen? Sie wissen doch etwas?«, beschuldigte ihn Lucy.

»Ich habe gar nichts damit zu tun. Ich war das nicht! Wirklich!«, und damit schubste er Jason zurück und schlug die Tür zu.

»Und wagt es ja nicht, wieder zu kommen! Haltet euch da raus!«, hörten sie ihn noch von drinnen rufen.

Enttäuscht verließen sie das Grundstück.

»Der hat da hundertpro etwas mit zu tun! So wie der sich aufführt!«, sagte Lucy, während sie mit einem Blick auf die Uhr den Weg zurück einschlug.

»Jap, der war ja richtig komisch«, stimmte Jason ihr zu.

»Und hast du gehört? Er meinte, wir sollen uns da raushalten! Genauso stand es auch in den Briefen. Er muss der Täter sein oder den Täter kennen oder ... !«

Jason erwiderte nichts, er schien nachzudenken.

»Sag mal, was meinte er eigentlich mit ›ihr habt bekommen, was ihr wolltet‹«, fragte sie dann plötzlich.

»Keine Ahnung. Ich glaube, das war, weil Jerry ihn mal mit uns im Supermarkt belästigt hat. Deswegen mag er mich wohl nicht.«

»Naja, du warst jetzt auch nicht gerade höflich, oder?«

»Ist doch egal, das könnte der Täter sein. Und es steht ja wohl fest, dass der uns nichts sagen wird.«

Lucy war zwar nicht gerade einverstanden, doch sie nickte trotzdem.

Zehn Minuten später kamen sie wieder dort an, wo sie gestartet waren.

»Hey Lucy.« Jason räusperte sich. »Wollen wir uns vielleicht treffen, morgen nach der Schule?«, fragte er, kurz bevor sie sich voneinander verabschiedeten.

»Ok, wo denn?«, fragte Lucy, ohne nachzudenken.

»Wie wäre es bei der Eisdiele. Ich habe gehört, das ist euer Stammplatz.«

»Ok, klingt gut. Dann bis morgen!«, antwortete sie.

Schließlich schien Jason im Moment der Einzige zu sein, der ihr helfen wollte. Vielleicht würden sie weiterkommen.

Amy war schon fertig angezogen, als sie, sie sah.

»Wo warst du? Ich dachte, du willst mir zusehen? Und was hast du mit dem gemacht?«, Sie deutete auf Jason, der sich bereits verabschiedet hatte und davonging.

»Nichts. Wir haben uns nur unterhalten«, antwortete sie und zusammen gingen sie wieder nach Hause.

24

Am besagten Tag ging Lucy sofort nach der Schule zur Eisdiele. Jason hatte ihr geschrieben, dass er früher Schluss hatte und schon mal einen Tisch reservierte.

Und als Lucy ankam, fand sie ihn auch relativ schnell. Er winkte sie zu sich und sie bestellten sich beide Kakao.

Zuerst sprachen sie kein Wort miteinander, dann unterbrach Jason die Stille: »Wie lange kanntet ihr euch eigentlich?«

»Seit dem Kindergarten. Wir waren bis jetzt immer in derselben Schule, bis ich weggezogen bin.«

»Ah, also wart ihr sehr gut befreundet?«, fragte er beiläufig und sah zum anderen Ende der Diele.

»Ja, beste Freunde. Ich vermisse ihn so sehr. Weißt du, ich wünsche mir echt, dass ich mich hätte verabschieden können. Wenn ich das alles gewusst hätte, wie er sich verändert hat und dass er dann verschwunden ist ... aber meine ›Freunde‹ meinten ja, es mir nicht mitteilen zu müssen«, erzählte sie mit einem Anflug von Wut, »Immerhin weiß ich jetzt, was der Satz bedeutet: ›Du schätzt etwas erst wert, wenn es nicht mehr da ist‹.«

Eine kurze Zeit schwieg Jason. Offenbar wusste er nicht, was er sagen sollte, dann antwortete er: »Du kommst echt nicht darüber hinweg, oder?«

»Natürlich nicht! Was erwartest du denn?«

»Ich, es ist nur ... ich dachte nur ... ach egal«, stritt er ab,

»Was machst du eigentlich sonst so?«

Lucy wusste nicht recht, was sie davon halten sollte.

»Außer, dass ich versuche, mein Leben wieder in den Griff zu bekommen: laufen, essen, trinken, das Übliche halt.«

»Du hast Atmen vergessen!«, unterbrach er sie und schnaubte amüsiert. Offenbar hatten sie einen ähnlichen Humor.

»Wir sind doch jetzt Freunde, oder?«

Lucy wusste nicht so recht, was sie darauf antworten sollte. Vor Kurzem noch hätte sie Jason als genauso einen Idioten wie Jerry abgestempelt. Aber nun? Ja, er hatte ihr geholfen, was die Sache mit Mr. Fox anging, aber ...

»Ich versteh schon«, sagte Jason, als sie nicht antwortete. Er klang ziemlich enttäuscht.

Aber wieso? Was erwartete er? Im Moment war es wichtig, sich auf den Täter zu fokussieren und nicht darauf, wer mit wem befreundet war, fand Lucy.

»Weißt du, ich würde echt gerne mehr Zeit mit dir verbringen«, meinte Jason an und begann seinen Kakao zu schlürfen.

»Klingt gut. Dann können wir weiter ermitteln.«

Ein leicht enttäuschter Ausdruck trat in Jasons Gesicht.

»Also, nein, so meinte ich das nicht, weißt du ... ich habe darüber nachgedacht ... und ich bin zu dem Entschluss gekommen, dass wir es echt lieber der Polizei überlassen sollten. Deine Freunde haben wahrscheinlich recht.«

»Was soll das heißen? Ich dachte, du würdest mich verstehen!«, Lucy wurde plötzlich wütend. Sie hatte sich solche Hoffnungen gemacht.

»Nein, es tut mir leid, aber du musst doch realistisch

denken. Wenn dieser Mr. Fox etwas damit zu tun hat, dann wird er es uns garantiert nicht sagen. Wir könnten der Polizei den Hinweis geben und die ermitteln dann weiter. Ich kann mich sogar darum kümmern.«

»Wir haben schon mal versucht, uns an die Polizei zu wenden, aber die interessiert das nicht«, sagte Lucy, immer noch mit Wut in der Stimme.

»Es tut mir leid, ich glaube, du verstehst das falsch. Jetzt, wo sie die Ermittlungen wieder aufgenommen haben, werden die, die euch damals abgewiesen haben euch bestimmt zuhören. Bitte, ich mach mir echt Sorgen, diese Täter sind gefährlich. Du solltest gar nicht mehr in die Nähe von diesem Haus gehen.«

»Ja, ich werde ihnen von dem Keller erzählen, den ich gesehen habe. Aber erst, wenn ich weitere Hinweise gefunden habe und selbst mehr darüber weiß. Dich scheint es jetzt auch nicht mehr zu interessieren. Wieso habe ich mich überhaupt hierauf eingelassen?«, entgegnete Lucy ungehalten.

Jason blickte sie schockiert an, doch dann fasste er sich wieder: »Nein, du verstehst das falsch. Ich möchte dir helfen, aber ich denke eben, dass es zu gefährlich für uns ist. Ich habe den Täter doch mit eigenen Augen gesehen. Der war brutal, schreckt vor nichts zurück. Hast du denn keine Angst um deine Schwester?«

»Natürlich. Aber das wird trotzdem nichts an meiner Meinung ändern. Ob du mir helfen wirst, oder nicht. Übrigens solltest du dich mal entscheiden!«, und mit diesen Worten stand sie auf, knallte ihr Geld auf den Tisch und verließ die Eisdiele ohne ein weiteres Wort.

Zurück blieb ein enttäuschter Jason, der nun verstanden

hatte, dass es anscheinend nichts nützte, Lucy zu überreden.

Es war ein Samstag. Genau die Woche, nachdem sie seine Leiche gefunden hatten. Fast jeder aus Doolin war gekommen, richtige Einladungen hatte es nicht gegeben. Alle, die wollten, waren anwesend.

Natürlich waren auch Olivia, Kathrin, Nathan und Liam sowie ihre Familien, da. Sie standen neben Lucy, Amy und ihrem Vater. Vertragen hatten sie sich zwar nicht gerade, aber sie redeten wieder miteinander. Am heutigen Tage schien alles vergessen. Lucy hatte kaum schlafen können, so viele Gedanken hatten sie noch bis spät in die Nacht geplagt. Sie war alles durchgegangen, war aber immer zu dem Schluss gekommen, dass Mr. Fox der Hauptverdächtige war. Aber Jason hatte gesagt, er könnte sich nicht vorstellen, dass er es gewesen war, lediglich, dass er etwas damit zu tun hatte. Sie versuchte, die Gedankenflut zu verdrängen, und sah auf. Ein leichter Nieselregen hatte begonnen. So, wie der Himmel aussah, würde es wohl später noch heftiger regnen. Aber das machte nichts. Denn irgendwie hätte es nicht gepasst, wenn an diesem Tag die Sonne geschienen hätte.

Die Leute begannen sich um das ausgehobene Grab herum aufzustellen. Ihr Vater zog sie mit sich und sie fand sich neben ihren Freunden wieder. Einige Personen erlangten ihre Aufmerksamkeit. Sie standen abseits und sahen zum Grab herüber. Jerry und seine Clique waren auch gekommen!

Lucy war darüber überrascht. Doch, wenn sie darüber nachdachte, dann wunderte es sie eigentlich nicht, dass

Jerry doch etwas Reue zu empfinden schien. Jetzt da sie wusste, dass er allein wegen der Drohungen nichts gesagt hatte. Jason kam ebenfalls zu ihnen hinzu. Jedoch näher als seine alten Freunde.

In diesem Moment begann der Redner zu sprechen: »Wir alle haben uns hier eingefunden, weil wir um einen Menschen trauern, der viel zu jung gestorben ist. Nickolas Matthews hatte noch sein ganzes Leben vor sich.«

Lucy spürte bei diesen Worten die Tränen in ihren Augen. Still wischte sie diese ab, und in diesem Augenblick erweckte Jason ihre Aufmerksamkeit. Er wirkte nervös und sah ein paar Mal zu ihr hinüber. Wollte er ihr etwas sagen?

Sie blickte ihn fragend an, doch er schüttelte den Kopf, als Zeichen, dass er es ihr später sagen würde.

Danach sah er nicht mehr zu ihr, sondern konzentrierte sich auf die Worte des Redners. Lucy tat es ihm nach.

Als er fertig war mit seiner Rede, traten einige Leute vor, um etwas zu sagen. Lucy hatte sich darüber schon Gedanken gemacht, aber was sollte sie sagen? Ihr fielen keine Worte ein, die sie im Beisein der vielen anderen Leute zu ihm sagen könnte. Er würde es sowieso nicht mehr hören und damit wäre sie keine Hilfe. Sie würde ihn ehren, indem sie herausfand, wer ihm das angetan hatte.

»Hey, Lucy!«, Nathan kam auf sie zu, mittlerweile war die Beerdigung schon vorbei und sie hielten eine kleine Trauerfeier ab.

»Ich habe eine gute Nachricht. Es steht fest, dass die Polizei die Ermittlungen wieder aufgenommen hat, jetzt wo sie Beweise haben, dass er ermordet wurde. Sie sammeln weitere Spuren. Das gute ist, dass wir und unsere Familien vor dem Täter auch in Sicherheit sein müssten, wenn wir weiterhin nicht mehr mit der Polizei kommunizieren.«

»Was für Beweise? Woher weißt du das?«

»Habe ich bei den Erwachsenen gehört. Der Obduktionsbericht sagt, dass er mit irgendetwas so hart am Kopf getroffen wurde, dass er ... du weißt schon.«

»Und hast du zufällig auch gehört, wen sie verdächtigen?«

»Ne, darüber haben sie nicht geredet. Du willst es also immer noch herausfinden.«

Bevor sie antworten konnte, fügte er schnell hinzu: »Also ich auch! Und die anderen ebenfalls, aber du weißt, wir sind erst mal vorsichtig wegen der Drohbriefe. Außerdem kümmert sich jetzt die Polizei darum.«

»Du weißt ganz genau, dass die Polizei nichts finden wird. Und wenn, dann wird es zu spät sein, der Täter wird bestimmt schon über alle Berge sein, sobald er davon gehört hat.«

»Lucy!«, in diesem Moment hörte sie Jasons Stimme.

»Ich gehe dann mal«, sagte sie knapp und hörte Nathan hinter ihr grummeln: »So ist das also. Du hast jetzt andere Freunde.«

Doch sie achtete nicht auf ihn. Sie wollte unbedingt wissen, was Jason ihr sagen wollte.

»Was ist los?«, fragt sie schließlich mit versucht kalter Stimme, als sie bei ihm angekommen war, »Ich dachte, du möchtest mir nicht mehr helfen.«

»Was das angeht, ich habe meine Meinung geändert. Diesmal wirklich. Offenbar kann man dich echt nicht umstimmen und bevor du noch irgendwas Unüberlegtes tust ... Lucy, ich wollte es dir nicht während der Beerdigung sagen, aber ich habe auf dem Weg hierhin einen Mann in das Haus gehen sehen.«

»In das Haus Nr. 33?«

»Ja.«

»Wer war es?«

»Keine Ahnung, das habe ich nicht erkannt.«

»Und was machen wir jetzt?«

»Ich glaube, der Täter will sich aus dem Staub machen, solange alle abgelenkt sind. Er hat bestimmt mitbekommen, dass die Polizei nun wieder ermittelt. Das ist unsere Chance!«

»Aber wir können doch nicht einfach allein dahin gehen!«, Lucy war zwar bekannt für ihre Spontanität, aber nicht so dumm, unbewaffnet, in die direkten Fänge des Täters zu laufen.

Jason zog ein Taschenmesser aus seiner Jackentasche: »Keine Sorge. Ich bin bewaffnet, außerdem werden wir nur gucken, nicht handeln, vielleicht schaffen wir es, ein Beweisfoto zu machen, wie der Täter seine Beute holen will, bevor er verschwindet, dann können wir zur Polizei und es ihnen zeigen.«

Lucy zögerte. Sollte sie nun einfach Nicks Trauerfeier verlassen und mit Jason mitgehen? Mit dem Jungen, der zugesehen hatte, wie Nick entführt wurde? Andererseits hatte er ihr in den letzten Tagen mehr als einmal bewiesen, dass er ihr helfen wollte und seine Taten bereute. Mehr sogar als ihre anderen Freunde. Und der Fakt, dass er seine Meinung geändert hatte, um ihr zu helfen...

Er zog sie am Handgelenk.

»Vertraust du mir?«, fragte er und sah ihr in die Augen.

Vor Lucys Augen schlich sich das Bild, dass sich ihr beim

186

Fund von Nick geboten hatte. Sie hatte ihre Entscheidung gefällt.

»Ich ... ich denke schon.«

»Dann komm mit. Sag deinem Vater, dass du etwas Zeit für dich allein brauchst.«

Mit diesen Worten ließ er sie los und machte sich schon auf den Weg. Lucy suchte in der Menge nach ihrem Vater, bis sie ihn schließlich fand. Neben ihm war Olivia.

»Dad«, sagte sie, »ich gehe kurz spazieren. Ich brauche eine Auszeit. Hier sind zu viele Leute. Ist das in Ordnung?«

Ihr Vater sah sie kurz an, dann antwortete er: »Natürlich. Du musst darüber nachdenken. Aber geh nicht zu weit weg! Bleib in der Nähe.«

Lucy nickte, doch gerade als sie sich davonstehlen wollte, wurde sie von Olivia aufgehalten.

»Lucy! Wohin willst du?«, fragte sie misstrauisch.

»Falls du es nicht gehört hast, ich brauche etwas Zeit für mich allein.«

»Bist du dir sicher? Ich glaube, es wäre besser, wenn ich mit-«

»Allein«, wiederholte Lucy und ließ Olivia ohne ein weiteres Wort stehen.

Sie ging zuerst in Richtung der anderen Gräber, damit sie keinen Verdacht erwecken würde. Dann als sie das Gefühl hatte, dass niemand zu ihr hinsah, bog sie in den Wald rein, bis sie schließlich am Rande Jason warten sah.

»Warum hat das so lange gedauert?«

»Ich musste erst noch Olivia ablenken, damit mir niemand hinterhergeht.«

»Ah, gut. Dann komm, bevor er weg ist.«

Lucy schlang sich die Arme um den Körper. Nur mit ihrer dünnen, schwarzen Strickjacke bekleidet, wurde ihr langsam kalt, doch sie ließ sich nichts anmerken und folgte Jason. Ihr fiel auf, dass er einen Rucksack trug.

»Was ist da drinnen?«, fragte sie, während sie auf den Rucksack deutete.

»Ich habe letzte Nacht bei meinem Bruder übernachtet. Ich hatte einen kleinen Streit mit meinen Eltern.«, antwortete Jason.

»Oh, das tut mir leid«, sagte Lucy mit Mitgefühl in der Stimme.

»Ach, schon gut«, winkte er ab. Danach sprachen sie kein Wort mehr. Das lag wahrscheinlich daran, dass er nicht gerne darüber sprach, dachte Lucy.

Schließlich ragte das hölzerne Haus vor ihnen auf.

»Wir müssen aufpassen, dass uns niemand sieht. Hast du eine Idee, wie?«, fragte er sie.

»An dem Tag, als ich seine ... seine ... Leiche«

Jason nickte, er wusste, was sie meinte.

»Naja, an diesem Tag, da habe ich eine Hintertür gesehen, bei dem Haus.«

»Und? Denkst du, der Täter ist da drinnen? Also in diesem Keller?«

»Wenn man von außen reinkommt, dann müsste man von innen auch reinkommen. Vielleicht könnten wir schnell rein, wenn er nicht da ist und uns verstecken. Oder irgendwie mit unseren Handys filmen. Wir müssen nur leise sein und lauschen.«

Lucy war stolz auf ihren Plan. Er war zwar riskant, aber wenn sie sich sicher waren, dass er gerade weg war, dann könnten sie sich dort schnell verstecken. Selbst, wenn er sie sah, dann waren sie im Vorteil. Denn sie waren zu zweit und bewaffnet.

»Klingt gut. Ich würde nur zu gern wissen, wer es ist. Kann sein, dass es auch nur ein Komplize ist. Dann lass uns nach der Tür suchen. Bereit?«

Lucy dachte kurz nach und atmete tief durch. Das war wahrscheinlich das Gefährlichste, was sie jemals machen würde. Aber vielleicht war das auch die einzige Möglichkeit, Nicks Täter zu fassen.

»Ja«, antwortete sie.

Vorsichtig näherten sie sich dem Haus.

»Bleib hinter mir«, befahl er ihr und Lucy gehorchte. Als sie die alte Tür erreicht hatten, stieß er sie auf und sie öffnete sich mit demselben Quietschen, wie auch schon damals, als sie mit Olivia, Nathan, Liam und Kathrin hier gewesen war. Vorsichtig betraten sie den Flur.

Jason kramte eine Taschenlampe aus seinem Rucksack und erhellte somit den mit Dreck übersäten Boden vor ihnen.

»Irgendwo hier muss es runtergehen«, murmelte Lucy, während sie weitergingen auf den knarzenden Holzbrettern. Der modrige Gestank weckte Erinnerungen in ihr. Sie sah vor ihrem geistigen Auge wie sie hier mit Nathan und Olivia gewesen war, wie sie den Schuh gefunden hatten ... Sie sah sich um, konnte den Schuh aber nirgends entdecken.

»Alles in Ordnung mit dir?«, unterbrach Jason ihre Gedanken und blickte sie besorgt an.

»Ja, alles gut«, bestätigte Lucy.

Er musste ihr irgendwas gesagt haben, worauf sie nicht

geantwortet hatte.

Sie waren nun am Ende des dunklen Flurs.

»Ich glaube, wir haben es gefunden, da!«, sagte er und deutete auf eine schmale Treppe, die in die Tiefe führte.

»Sollen wir runtergehen?«

»Entweder jetzt oder nie«, sagte er und ging voraus. Langsam, Schritt für Schritt stiegen sie die Holztreppe hinab, die bei jedem Schritt unangenehm knarzte. Lucy war froh, als sie endlich unten angekommen waren. Nun würden sie sich flüsternd unterhalten müssen.

»Such nach einer Tür.«

Das war einfacher gesagt als getan. Im Schein seiner Taschenlampe sahen sie kaum etwas. Lucy tastete die kalten Mauern ab. Es musste doch irgendwo eine Tür geben.

»Hast du was?«

»Nein«, sie drehte sich zur Seite, um auf den Schein seiner Taschenlampe zu gucken, da stieß sie mit dem Ellbogen gegen etwas.

»Jason! Ich glaube, ich habe es!«

Sie ertastete einen kalten Türgriff mit ihrer Hand.

»Sollen wir ...«, fragte sie und sah in Jasons Augen, die gespenstisch vor ihr im Licht der Taschenlampe wirkten.

»Natürlich!«

»Aber was ist, wenn er da drinnen ist?«

»Das glaube ich nicht. Was soll er da im Dunkeln machen? Wahrscheinlich ist er rausgegangen, um was zu holen. Und wenn, dann schaffen wir es. Komm schon, mach sie auf! Das ist unsere Chance!«, flüsterte er erregt.

Lucy hatte Angst, aber sie fühlte sich in die Enge gedrängt. Jason war nun genau hinter ihr. Sie konnte seinen schnellen, erwartungsvollen Atem spüren. Mit einem Ruck öffnete sie vorsichtig die Tür. Die andere Hand erhoben, machte sie einen Schritt vor, falls nun irgendwer hinter der Tür hervorspringen würde. Doch es blieb still. Sie blickte nur in die absolute Dunkelheit. Plötzlich schlug die Tür hinter ihr, mit einem lauten Schlag zu.

»Jason? Warum hast du sie zugemacht?«, fragte sie, doch er antwortete ihr nicht.

Sie hörte sein schnelles Atmen in der Stille, dann durchbrach er sie: »Mach das Licht an, Bruder.«

25

Bevor Lucy auch nur an etwas anderes denken könnte, ertönte plötzlich ein Klacken und helles Licht durchflutete den Raum. Sie musste die Augen zusammenkneifen und als sie sich endlich halbwegs an das beißende Licht gewöhnt hatte, fand sie sich in einem modrigen, alten Keller wieder. Er war mit Backsteinen ausgekleidet. An einer Seite klaffte ein großes, verstaubtes Loch, das in die Dunkelheit führte und man sah auf einem Tisch ein provisorisches Lager. Als sie ihren Blick weiterwandern ließ, stockte ihr der Atem. Einige Meter vor ihr stand niemand anderes als Mr. Donnelly.

»Mr. Donnelly, was ist das hier?«, fragte sie verwirrt. Es kann nichts Schlimmes sein, dachte sie. Mr. Donnelly war ein Auszubildender bei der Polizei. War sie also schon vor ihnen hier gewesen?

Doch Jason lachte laut auf: »Oh Lucy ... ist es dir nie aufgefallen? Hast du nie darauf geachtet?«

Langsam ging er um sie herum bis er zwischen ihr und Mr. Donnelly stand und plötzlich fuhr es wie ein Schlag durch Lucy. Ihre eigene Dummheit wurde ihr bewusst. Wie hatte sie das übersehen können? Wie hatte sie diese Ähnlichkeit übersehen können? Beide hatten dunkle Haare, lediglich die Augenfarbe und die Größe schien sie zu unterscheiden. Jason hatte dunkle Augen, während sein etwas größerer Bruder Hellgrüne hatte.

Wie hatte ihr nicht auffallen können, dass sie denselben

Nachnamen trugen? Ihre weit aufgerissenen Augen ließen Jason erkennen, dass sie erraten hatte, was er meinte.

»Ich möchte dir meinen Bruder James vorstellen. Aber ihr kennt euch sicherlich schon, nehme ich an?«

Lucy nickte, ohne ein Wort zu sagen. Sie spürte, wie sich ihre Nackenhaare aufstellten und sie eine Gänsehaut bekam.

James lächelte sie an.

»Jason, was ist das hier?«

»Das, Lucy, nennt sich eine Falle.«

»Eine ... eine, was?«, stammelte sie.

»Eine Falle. Du wurdest in eine Falle gelockt«, wiederholter er.

»Aber, wieso? Habt ihr den Täter?«

Jason lachte erneut. Doch etwas Falsches lag in seinem Lachen. Es war kalt.

Erst jetzt begriff sie, dass etwas nicht richtig lief. Wenn Jason bei Nicks Entführung dabei gewesen war, dann musste Mr. Donnelly – James schon längst davon wissen. Aber ihr Gehirn konnte sich keinen Reim daraus machen.

»Siehst du hier jemanden, außer uns? Wir sind die Täter, Lucy, ja, wir haben deinen kleinen Freund ermordet.«

Vor Lucy schien eine Welt zusammen zu brechen. Sie wartete darauf, dass er ihr sagen würde, es wäre ein Scherz, aber nichts geschah. Und plötzlich ergaben alle Worte einen Sinn. Jason hatte sie in eine Falle gelockt und sie war hineingelaufen wie ein blindes Kaninchen.

»Du ... du? Nein, das ist unmöglich!«

»Doch Lucy. Hinter allem stecken wir.«

»Ich habe dir vertraut«, schrie sie ihn an, »Wie konntest du nur!«

»Tja, Lucy. Du solltest lieber darauf achten, in wen du dein Vertrauen setzt.«

»Aber, wieso?«

»Das geht dich nichts an. Los Jason, lass es uns hinter uns bringen«, sagte James.

»Warte. Ich denke, sie verdient die Wahrheit, bevor ...«, murmelte Jason und musterte sie.

Lucy konnte Bedauern in seinem Blick erkennen, doch sie verstand nicht, was er meinte. Hatten sie nun dasselbe mit ihr vor wie mit Nick? Würde sie nun genauso enden?

»Natürlich war ich schockiert, als ich gesehen habe, wie Nick entführt wurde. Ich hatte Mitleid mit ihm. Aber er hat nicht zu uns gepasst. Er war weich. Hat sich nie getraut auch nur irgendwas zu stehlen. Deswegen dachte ich, wenn ich ihm helfe und er davonkommt, wird er niemals mehr zu uns zurückkehren. Aber mein Bruder war schneller. James hat ihn überwältigt und hier unten gefesselt. Aber ich habe ihn erkannt. Ich war als Erster beim Fenster und habe ihn gesehen, ehe er seine Kapuze wieder über sein Gesicht ziehen konnte.«

James lächelte.

»Und dann habe ich ihn hier erwischt. Wir konnten Nick nicht mehr gehen lassen. Er wusste zu viel ... und nachdem er uns bei einer kleinen Sache geholfen hat, musste James ihn umbringen.«

Lucy gab einen erstickten Laut von sich: »Wieso? Was hat er euch angetan? Was wusste er?«

Diesmal war es James, der ihr antwortete: »Als er diese dumme Mutprobe gemacht hat, konnte er es nicht lassen herumzuschnüffeln und ist in den Keller gegangen. Er hat mich überrascht und alles gesehen. Erstens hätte er mich verpetzt. Zweitens wusste er, hinter was wir her waren. Dann wären sie hier gewesen. Aber das konnte ich nicht zu lassen! So harte Arbeit. Spätestens als mir Jason erzählt hat, dass ihr hier herumschnüffelt, musste ich seine Leiche verschwinden lassen. Glücklicherweise war der Fluss nicht mehr ausgetrocknet, sodass ich sie reinwerfen konnte. Leider hast du sie gefunden.«

Er bedachte sie mit einem wütenden Blick.

»Dabei habe ich alles gemacht, um es nicht wiederholen zu müssen. Ich habe versucht, die neugierigen Kinder fernzuhalten. Ich habe die Drohungen an die Wand geschrieben. Ich war es, der von hier aus das Licht angemacht hat, als ihr hier herumgeschnüffelt habt. Tja, ihr dachtet wohl, es funktioniert nicht mehr. Ich habe die Drohbriefe geschrieben, eure Namen wusste ich von Jason. Und ich war es natürlich, der die Polizeiarbeiten von hier abgelenkt hat. Die Durchsuchung habe ich vorgetäuscht. Ich habe den Befehl bekommen, mich im Haus umzusehen. Denkt ihr, Mr. Walsh war es? Oh nein, der mag zwar keine Kinder, aber ich habe ihn davon überzeugt, dass ihr uns nicht die Wahrheit erzählt hättet. Der ist sowieso bald in Rente.«

Er grinste Lucy an: »Nein, es war nicht der alte Narr Mr. Walsh, der euch Kindern nicht glauben wollte. Ich habe sie davon überzeugt, dass ihr Schwachsinn redet.«

Lucy wurde wütend. Sie verspürte immer mehr Hass auf James, als ihre ganze Welt auf den Kopf gestellt wurde: »Sie sind ein Betrüger! Ein falscher Polizist! Wieso wollten Sie überhaupt Polizist werden, wenn sie doch sowieso so kriminell sind?«

»Mein törichter Vater sagte mir, ich solle etwas Sinnvolles machen. Unsere Eltern sind der Grund, wieso ich diesen Keller hier gefunden habe. Das war mein Rückzugsort. Und dann habe ich diese Hinweise gefunden. Eine Ausbildung bei der Polizei hätte den Verdacht von mir abgelenkt, falls etwas rausgekommen wäre.«

»Was für Hinweise?«, fragte Lucy.

»Die Hinweise.« Er kramte ein zerknittertes gelbliches Stück Papier aus seiner Jacke, »eines alten Verbrechers. Auf seiner Flucht versteckte er hier seine Beute. Millionen Euro! Was für ein Gewinn! Und seitdem versuchte ich, sie zu finden. Ich habe gegraben. Bekannte gerufen, damit sie mir helfen. Alles Mögliche getan. Und jetzt ... nach Monaten harter Arbeit, habe ich es.«

Er deutete auf eine staubige Kiste zu seinen Füßen.

Als Jason einen Blick darauf warf, erhellte sich seine Miene.

»Endlich können wir weg von unseren Eltern, endlich sind wir reich!«, jubelte James, »Selbst, wenn ich etwas davon meinen Freunden versprechen musste, Mr. Fox etwas abgeben muss, damit er die Klappe hält und den Rest mit dir teilen muss«, er sah zu Jason, »Es ist genug für alle. Ich habe schon die Tickets nach Amerika gebucht. Wir sind reich, Bruder.«

Jason lachte: »Weißt du jetzt endlich alles? Ist deine Neugier gestillt?«, wandte er sich an Lucy.

Doch sie war fassungslos. Wie gierig konnte man sein, um das alles für etwas Geld zu tun? Sie sah auf einige Schaufeln, die an der Wand gelehnt waren und dann wieder zu James. Er hatte so lange hier gegraben. Wie konnte Mr. Fox nur für Geld nicht zur Polizei gehen, obwohl er davon wusste? Wie konnte man für etwas Geld einen unschuldigen Jungen ermorden, alles aus dem Weg schaffen, nur deswegen?

»Ihr ... ihr seid verrückt«, murmelte sie und ging einige Schritte rückwärts.

»Wie bitte? Sag das noch mal«, forderte Jason.

»Ihr seid verrückt!«, fuhr sie ihn an, »Ist es dir völlig egal? Hast du denn überhaupt keine Reue? War das alles gespielt? Du hast die ganze Zeit so getan, als würdest du um ihn trauern, nur dafür?«

Seine alleinige Anwesenheit ekelte sie an.

Sie sah kurz etwas wie Trauer über sein Gesicht huschen, doch im nächsten Moment wurde ihr klar, dass sie es sich eingebildet haben musste.

»Nun Lucy, er wusste es. Und er hätte es ausgeplaudert. Ich weiß nicht, was du an ihm je mögen konntest! Er war zu bemitleiden! Du bist diejenige, die verrückt ist! Sag mal, merkst du überhaupt noch was? Ständig redest du über ihn! Wie sehr du ihn vermisst, wie wichtig es ist, dass man das Verbrechen aufklärt. Es gibt nur noch ein einziges Thema für dich! Ich hatte ehrlich gehofft, dich näher kennenzulernen, deine andere Seite, aber bei unserem Treffen hast du ständig nur von ihm gesprochen! Du checkst es einfach nicht, oder? Er ist tot!«

»Dir ging es die ganze Zeit um etwas anderes! Du wolltest alles Mögliche zu unseren Fortschritten herausfinden, nur um das hinter unserem Rücken an deinen Bruder zu petzen und es uns noch schwerer zu machen! Ihr seid zu bemitleiden! Dass ihr euch zu so einer widerwärtigen Tat hinreißen lassen habt«, spukte sie die Worte förmlich aus, »Wenn das ans Licht kommt, dann ...«

Langsam machte sie noch einen Schritt zurück, doch Jason war schneller. Er stellte sich zwischen sie und die Tür.

»Hiergeblieben«, rief er, »Nichts werden sie erfahren!«

»Genau«, übernahm James das Wort, »Du bleibst hier ... für immer.«

»James, wir müssen das wirklich tun, oder?«, plötzlich schien Jason Angst zu haben. Er sah kurz zu Lucy.

»Natürlich! Jetzt hör auf, damit! Sie weiß alles, sie muss verschwinden!«

»Ich muss, was?«

»Ich würde dich nur ungern sterben sehen, Lucy... deswegen werden wir dich jetzt ... betäuben. Du kommst einfach mit uns mit. Keine Sorge, das wirst du alles vergessen. Und dann können wir ein neues Leben anfangen. Zusammen.«

»Du spinnst doch wohl!«, fuhr Lucy ihn entgeistert an.

»Nein, Jason«, meldete sich auch James zu Wort.

»Was?«

»Ich sagte ›nein‹. Es tut mir leid, aber wir müssen sie aus dem Weg schaffen. Naja, das mit den Drogen hat nicht so funktioniert und willst du die ehrlich die ganze Zeit mitschleppen? Das wird nicht funktionieren, akzeptier es einfach.«

Bei diesen Worten schien selbst Jason sprachlos zu sein. Er sah seinen Bruder mit einem undefinierbaren Blick an. Was war los? Nick war ihm doch auch egal! Wieso sollte Lucy es nicht sein? Und warum machte sie sich gerade überhaupt darüber Gedanken. Ihr Leben hing gerade von Jason ab.

»Jason, nein, ich flehe dich an. Lasst mich am Leben.«

»Nur, wenn wir uns zu hundert Prozent sicher sein könnten, dass du nichts sagst.«

»Das ... das könnte ich nicht versprechen«, Lucy war ein

ehrlicher Mensch. Sie konnte die Wahrheit nicht ruhen lassen. »Aber ich würde nichts sagen, solange ihr noch hier seid! Wenn ... wenn ihr flüchtet, können sie auch sowieso nicht mehr kriegen.«

»Siehst du ... wir hätten sie so oder so irgendwann umgebracht.«, redete James weiter auf Jason ein.

Jason sagte wieder nichts. Er blickte bloß zu seinem Bruder.

»Sie ist es nicht wert. Denk doch mal nach. Sie hat nur einen Gedanken im Kopf. Du bist ihr komplett egal.«

Jason schien sich wieder gefasst zu haben, mit einem letzten bedauernden Blick. Nun wich dieses Bedauern nur noch kalter Gleichgültigkeit.

»Jason?« Lucy sah ihren letzten Hoffnungsschimmer dahinschmelzen.

»Du hast recht. Ich wusste es doch! Ich habe alles versucht, aber du lässt einfach nicht locker. Musst dich in Dinge einmischen, die dich nichts angehen.«

»Das geht mich sehr wohl etwas an!«

Doch Jason wandte sich mit kaltem Blick von ihr ab.

»Wieso habt ihr mich überhaupt hierhergeführt? Ihr hättet doch einfach verschwinden können!«, Verzweiflung lag in Lucys Stimme. Sie konnte es nicht glauben, wie leicht James seinen Bruder manipulieren konnte.

»Du bist vielleicht naiv, aber nicht gerade dumm. Wegen deiner Besessenheit, was das Verschwinden deines Freundes anging, hättest du es herausgefunden, wenn wir auf einmal weg wären. Unsere ganzen Versuche konnten dich nicht aufhalten«, antwortete ihr James.

Lucy brachte kein Wort heraus, sie wollte schreien, aber es kam nur ein erstickter Ton aus ihrem Hals. Sie merkte, wie sich die ersten Tränen bildeten.

Plötzlich wandte sich Jason voller Wut an sie: »Oh, ja. Was denkst du denn? Das war alles geplant ... du wusstest es und du warst eine Gefahr für uns. Also meinte James, ich solle dein Vertrauen gewinnen, damit du mir hierhin folgst. Denn wir werden dich genauso wie alle anderen Beweise beseitigen!«, er machte nun noch einen Schritt auf sie zu und sprach mit leiser Stimme in ihr Ohr.

Lucy war unfähig, sich zu rühren, und musste seinen Atem an ihrem Gesicht erdulden.

»Und wenn sie deine Leiche finden, dann sind wir schon lange weg.«

»Die Leiche werden sie nicht einmal finden«, verbesserte ihn James mit spöttischem Unterton.

Lucy lief ein Schauer über den Rücken.

»Das ... das könnt ihr nicht machen!«, würgte sie mit erstickter Stimme hervor!

»Was weißt du schon, was wir können und was nicht?«, fragte er mit kalter Stimme, »Schade, die kleine Lucy ... tot.«

Mit diesen Worten bückte sich James und zog eine Kiste unter einem Tisch hervor. ›Dynamit‹ stand da drauf.

»Nein, nein, nein! Das könnt ihr nicht machen! Bitte, ich werde nichts sagen!«

»Tja, darauf können wir uns nicht verlassen, du hast doch schon gestanden, dass du uns verpetzen würdest. Außerdem müssen wir sowieso unsere ganzen Beweise beseitigen. Los, Jason gib ihr den Zettel und den Stift. Sie muss noch den Abschiedsbrief schreiben.«

»Welcher Abschiedsbrief?«

»Nun, der Brief, in dem du schreibst, dass du freiwillig

gegangen bist, um die Täter deines Freundes zu finden, sodass der Verdacht nicht auf uns fällt«, antwortete James unbeeindruckt und fing an, an der Kiste herumzuhantieren.

Lucys Herz setzte für einen Takt aus. Das konnte doch alles nicht wahr sein! Wie hatte sie nur denken können, er würde ihr helfen? Alles war gespielt gewesen und sie war so naiv, um ihnen auch noch zu glauben! Er hatte sie eiskalt angelogen. Die ganze Zeit hatte er gewusst, was passiert war, und dann hatte er auch noch behauptet, es täte ihm so unfassbar leid, aber das war die ganze Zeit eine Lüge gewesen. Sie hatte ernsthaft geglaubt, er würde so etwas wie Reue spüren und ihr helfen wollen, aber nein. Seinetwegen hatte sie sich mit ihren Freunden gestritten. Und nun? Nun war sie allein, sie würde allein sterben, Olivia hatte sogar angeboten sie zu begleiten, aber sie hatte sie abgewiesen.

Diese ganzen Gefühle überschütteten sie mit einem Mal und sie erkannte ihre Fehler. Starr vor Angst sah sie James zu, wie er die Kiste öffnete und den Sprengstoff hervorholte. Sie durfte nicht kampflos aufgeben! Aber wie sollte sie es mit Zweien aufnehmen?

Und, wenn schon, dann hatte sie wenigstens etwas versucht. Sie beendete den inneren Konflikt mit sich selbst und wollte etwas tun, aber ihre Beine rührten sich nicht.

Sie zählte bereits mit den letzten Sekunden ihres Lebens, da hörte sie plötzlich ein Poltern. Jemand war im Haus. James hob alarmiert den Kopf und starrte zu Tür. Während Jason von der Tür rückte, um ihn zu fragen, ob es wohl einer seiner Kollegen war, nutzte Lucy ihre Chance. Sie schob alle Gedanken beiseite und warf sich gegen die Tür, um sie zu öffnen. Entweder jetzt oder nie. Das war ihre einzige Chance. Doch Jason hatte das sofort registriert und wollte sie von der Tür wegziehen. Lucy schlug nach ihm, schrie nach Hilfe, doch er ließ nicht locker. Sie rangen miteinander. Schließlich verpasste sie ihm ein Knie in den Magen und er sackte ein. Just in diesem Moment öffnete sich die Tür mit einem gewaltigen Poltern. Als sich die riesige Staubwolke gelegt hatte, sah sie, wer dort stand.

Es war Nathan. Lucy wusste nicht, ob ihr zu jubeln zumute sein sollte, als sie auch ihre anderen Freunde hinter ihm erkannte.

»Lauft«, wollte sie rufen, doch in diesem Moment packte sie jemand und presste eine Hand auf ihren Mund. Sie wehrte sich, doch er ließ den Griff nicht locker. Vor ihr rappelte sich Jason wieder hoch.

James hatte sie also gepackt.

»Lass sie los! Oder wir ...«, rief Nathan wütend.

»Oder, was?«, unterbrach ihn James, plötzlich spürte Lucy einen Druck an ihrem Kopf. An den Gesichtern ihrer Freunde erkannte sie, dass es eine Waffe sein musste. Ihre Augen waren weit aufgerissen und sie blieben wie angewurzelt stehen.

»Jason, hilf uns!«, zischte Kathrin, doch Jason grinste sie nur an.

Lucy versuchte, ihnen mit den Augen ein Zeichen zu geben.

Und Olivia verstand: »Nein ... er ist nicht auf unserer Seite. Das ist sein Bruder.«

»Was?«, fragte Liam, »Woher weißt du das?«

»Allein schon der Nachname! Wir hätten es viel früher bemerken müssen, ich habe erst heute aus Zufall davon erfahren« sagte Olivia und plötzlich verstand Lucy ihr

Misstrauen gegen ihn.

»Geht in die Ecke!«, befahl James. Als sich niemand rührte, fügte er hinzu: »Los, oder eure Freundin ist tot.«

»Lauft!«, Lucy konnte nicht beschreiben, was für eine Angst sie in diesem Moment verspürte. Sie konnte jeden Augenblick sterben. Trotzdem hätte sie es ihren Freunden nicht übel genommen, wenn sie weggelaufen wären, anstatt für sie in die Luft gesprengt zu werden. Doch sie ignorierten Lucy und gehorchten.

»Fessel sie!«, befahl er Jason und deutete auf einige Seile.

Lucys Hoffnung verschwand wieder, genau so schnell, wie sie gekommen war. Es war hoffnungslos, selbst für sie.

Doch plötzlich hörte sie Kathrin sagen: »Wir haben die Polizei schon gerufen. Ihr könnt nicht mehr fliehen, sie haben das Haus umzingelt.«

Lucy dachte schon, sie hätte sich verhört.

Auch James lies kurz von ihr ab: »Ihr habt was?«

Lucy nutzte diesen Moment und schlug ihm ebenfalls ihren Ellbogen in die Magengrube. Sofort hörte sie, wie sich ihre Freunde aufrappelten und Jason überwältigten. In dem kurzen Überraschungsmoment schlug sie James die Waffe aus der Hand, der sie daraufhin wiederergreifen wollte, doch er hatte die Rechnung ohne Lucy gemacht. Sie versuchte sich auf ihn zu schmeißen, er stieß sie von sich und verpasste ihr einen schmerzhaften Schlag ins Gesicht. Nathan und Liam kamen ihr zu Hilfe und beförderten ihn auf den Boden, indem sie ihm von hinten die Beine wegzogen und schubsten. Zu dritt hielten ihn am Boden fest. Doch James hatte seine Polizeiausbildung nicht umsonst gemacht. Er schaffte es, sie von sich runterzuwerfen, Liam knallte schmerzhaft gegen ein Tischbein.

»Schnell Lucy, schnapp dir die Waffe!«, rief Nathan. Das ließ sie sich nicht zwei Mal sagen. Sie sah sich um, bis sie die Waffe lokalisierte.

James war jedoch schneller gewesen. Er griff bereits danach, doch jemand trat ihm auf die Hand.

Lucy erkannte nicht, wer es war, sie hörte nur James Schmerzensschrei, als sie den Moment nutzte und die Pistole blitzschnell packte, bevor James einen erneuten Versuch wagte. Wie in Trance stand sie auf und zielte auf ihn.

Als dieser bemerkte, dass seine eigene Waffe auf ihm gerichtet war, erstarrte er, dann stand er auf: »Das würdest du nicht tun, Mädchen. Komm, gib sie her.«

Lucy rührte sich nicht. Regungslos stand sie da, beide Hände am Griff der Pistole. Ihre Finger ertasteten zitternd den Abzug. »Nein.«

»Du würdest doch eh nicht schießen, gib sie her, du verzögerst doch nur euren eigenen Tod«, James klang selbstsicher. Er war überzeugt davon, dass Lucy nicht schießen würde, und Lucy war es auch.

Sie hatte noch nie eine Waffe in der Hand gehabt, geschweige denn damit geschossen. Und das wollte sie eigentlich auch gar nicht.

»Weißt du Lucy, wir können euch gehen lassen, wenn du uns versprichst, dass ihr niemanden etwas davon erzählt.« Jasons Stimme.

Sie fuhr herum und zielte nun automatisch auf ihn.

»Das haben wir ihm auch angeboten, deinem kleinen Freund«, spottete James, »aber natürlich war er so töricht und sagte, er werde sofort zur Polizei gehen.«

»Das glaubt ihr doch selbst nicht. Ihr wisst genau, dass er

sofort zur Polizei gegangen wäre und deswegen habt ihr ihn umgebracht«, krächzte Liam, der an den Tisch gelehnt auf dem Boden hockte und die beiden Brüder mit vorwurfsvollen Augen anstarrte. Sicherlich kostete es ihm Mut, seine Worte gegen sie zu richten, doch er hatte recht.

»Und damit lag Nick auch richtig. Ihr verdient eine Strafe. Ihr seid kriminell.«

»Schade, dass du genauso denkst wie er. Wir hätten dich mitnehmen können, Lucy. Aber du musstest das Angebot ja unbedingt ausschlagen. Ich mochte dich wirklich, ich-«, fing Jason an.

»Was hat er noch gesagt? Vor seinem T-tod?«, fragte sie wütend.

»Er wollte, dass Jason deinen Freunden da über meine bösen Taten erzählt.« James lachte dreckig. »Er dachte, Jason würde das Ganze hier nicht freiwillig tun. Da hat er sich geirrt, nicht wahr, Jason?«

Jason antwortete nicht, sondern sah Lucy in die Augen: »Lucy, komm schon. Gib uns die Waffe und sag der Polizei nichts. Dann lassen wir euch gehen.« Er flehte schon fast.

Lucy war überfordert, sie wollte nicht schießen. Beinahe ließ sie die Waffe sinken, da sah sie eine Bewegung aus dem Augenwinkel.

James kam ihr schnell näher, um ihr die Waffe aus der Hand zu schlagen.

»Lügner!«, schrie sie Jason an, während sie die Waffe auf James gerichtet hatte, damit er nicht näherkam. Panik durchflutete sie. Sie fühlte sich umzingelt, als Jason diesmal einen Schritt näherkam.

Panisch umklammerte sie die Waffe fester.

Plötzlich gab es einen ohrenbetäubenden Knall und

Lucy, die nicht auf die Wucht gefasst war und ohnehin zittrig auf den Beinen stand, stolperte ein Stück zurück.

»Du-«, hörte sie James vor Schmerz aufschreien und während sie fiel, wurde ihr schwindelig. Sie sah nur noch verschwommen und dann wurde alles schwarz vor ihren Augen. Sie hatte geschossen. Als ihre Finger sich um die Waffe geklammert hatten, war sie an den Abzug gekommen.

Sie kam wieder zu sich. Es schienen nur einige Minuten vergangen zu sein. Nathan schüttelte sie und Kathrin wiederholte die ganze Zeit: »Wir müssen hier raus, wir müssen hier raus!«

»Lucy, geht es dir gut? Kannst du aufstehen?«, fragte Nathan.

»Ich-ich glaube schon ... ist er tot? Habe ich getroffen?«, frage sie hysterisch. So etwas könnte sie sich niemals verzeihen.

»Leute«, wollte sie Liam unterbrechen.

»Nur am Bein, keine Sorge, er-«, Nathan drehte sich um und erstarrte.

Lucy bemühte sich, sich aufzusetzen, Olivia half ihr und dann sah sie, wie Jason neben dem Sprengstoff hockte und daran herumhantierte.

»Los, entzünde ihn! Hilf mir raus und vergiss die Kohle nicht!«, schrie James ihn an und presste seine blutroten Hände auf sein Bein, während er zusammengekauert vor Schmerzen stöhnte.

»Ich hab's!«, rief Jason und sprintete zu seinem Bruder.

»Nein! Haltet sie auf!«, schrie Lucy, doch bis sie auf den Beinen war und der Schwindel verfolgen war, waren sie schon weg. Nathan und Liam hatten versucht, ihnen hinterherzurennen, doch sie prallten gegen die verschlossene Tür.

Sie waren allein mit dem Sprengstoff gefangen.

Sie brauchte einige Sekunden, um zu realisieren, dass die Zahlen auf dem Sprengstoff, die stetig kleiner wurden, ein Countdown waren.

»Los!«, schrie Nathan und sprang erneut gegen die Tür. Doch diese gab nicht nach, sie klemmte. Die Zahl auf dem Sprengstoff wurde immer kleiner: 20, 19, 18, …

In Lucy zog sich alles zusammen. Als sie ihr Herz deutlich schlagen hörte, riss sie sich aus der Trance und wandte ihren Blick vom Countdown ab. Ihr Schwindel war mit einem Mal weg. Sie spürte nur noch Panik in sich, als sie Anlauf nahm und ebenfalls gegen die Tür sprang, Liam kam zur Hilfe, bis sie sich schließlich alle dagegen schmissen. Nach dem zweiten Mal gab die rostige Tür nach.

Lucy stolperte gegen irgendjemanden, aber sprang sofort wieder auf, sie wagte nicht, nach hinten zu blicken, sondern nahm die Hände, die sie fassen konnte und rannte. Sie rannte um ihr Leben. Ihre Sicht war vor Panik verschwommen und eingeschränkt, trotzdem war sie sich bewusst, dass ihre Freunde mit ihr rannten.

Sie waren gerade am Fluss angekommen, da schrie Nathan: »Runter!«

Lucy wurde zu Boden gezogen und plötzlich hörte sie einen ohrenbetäubenden Knall. Etwas flog an ihr vorbei, doch sie wagte es nicht, sich zu rühren, und presste ihr Gesicht in die kalte Erde. Diesem etwas folgten weitere Dinge, die an ihr vorbei zischten. Vielleicht trafen sie sie auch, doch Lucy spürte nichts.

Nach einer gefühlten Ewigkeit wurde es still. Sie spürte, wie kalter Regen auf sie herunterprasselte und hörte ein fernes Donnergrollen. Dann wagte sie es, sich aufzurappeln. Neben ihr kauerten ihre Freunde.

Sie blickten sich in die erstarrten, schmutzigen Gesichter.

Lucy blickte sich langsam um und hob ihren Arm. Sie lebte. Ihr fehlte nichts. Sie musterte ihre Freunde.

Alle, bis auf Kathrin, die sich ihren Arm hielt, an dem eine Brandverletzung zu sehen war, schienen so weit unverletzt, bis auf ein paar Schürfwunden. Und hinter ihnen ragte ein riesiges Feuer auf.

Lucy konnte ihren Blick davon zuerst nicht losreißen, dann sprang sie panisch auf, bis sie realisierte, dass hinter ihnen ein Fluss war. Im Notfall konnten sie da rein. Sie versuchte, ihre Lage weiter einzuschätzen, als sie ein Brennen an ihrem Bein bemerkte. Ihre Hose war an der Stelle eingerissen und qualmte etwas. Sie wollte sich gerade zu ihren Freunden umdrehen, da sah sie in der Ferne eine dunkle Gestalt, die eine andere stützte.

Plötzlich gab es keinen Halt mehr. Für einen Augenblick vergaß sie alles.

Sie rannte auf sie zu: »Kommt zurück! Feiglinge!«

Die Gestalten hechteten auf ein Auto am Waldrand zu, so schnell es ging.

Als Lucy sie erreichte, saß James bereits im Auto auf der Fahrerseite. Jason schmiss die Truhe, wo das Geld gelegen hatte rein und wollte sich ebenfalls reinsetzen, doch Lucy packte ihn am Kragen und zog ihn zurück, gerade als das Auto mit einem lauten Geräusch losfuhr. Jason fiel und warf sie dabei um.

»Lass mich los!«, schrie er.

»Nein! Ihr seid schuld daran, dass er gestorben ist! Ihr werdet dafür büßen!«

»Lucy, bitte, wir können dich mitnehmen, wir können dir was von dem Geld abgeben.«

»Ich will euer dreckiges Geld nicht!«, fuhr sie ihn an und begann unbeholfen auf ihn einzuschlagen. Ihre Arme fühlten sich schwer an. Es war ihr egal, ob sie nicht richtig traf, sie spürte nur eine ungeheure Wut in diesem Moment. Sie wollte ihm Schaden zufügen, dem Menschen, der sie betrogen hatte, der so getan hatte, als wäre er auf ihrer Seite.

Eine Weile rangen sie miteinander, dann gelang es Jason, sie abzuschütteln, und er rannte weg in die Richtung, in die sein Bruder gefahren war.

Lucy rannte ihm nach. Sie wollte diesen Betrüger nicht entwischen lassen. Hinter sich hörte sie Getrampel. Nathan zischte an ihr vorbei. Fast wären sie in Jason reingelaufen, der plötzlich wie angewurzelt stehen geblieben war. Als Lucy an ihm vorbei sah, wusste sie warum.

Aus dem schwarzen Auto, indem sie flüchten wollten, stieg Dampf auf. Er war gegen einen Baum gefahren. Plötzlich rannten Menschen auf sie zu. Menschen in Uniformen.

Jason wollte wegrennen, doch Nathan und Lucy reagierten augenblicklich und hielten ihn fest, bis die Polizisten sie erreicht hatten. Er wehrte sich heftig.

»Das ist sein Bruder! Nehmen sie ihn! Er ist schuld an allem! Nehmen sie ihn!«, schrie sie verzweifelt.

Und als sie realisierte, dass beide gefasst waren, konnte sie ihr Glück kaum fassen. Sie hatten es geschafft. Nicks Mörder waren gefasst! Sie wollte aufschreien vor Erleichterung.

Dann hörte sie hinter sich ein Keuchen: »Habt ihr sie?«

Es war Olivia. Lucy fiel ihrer Freundin um den Hals.

»Wir haben sie!«, schrie sie, »Liv, wir haben sie! Und ... ihr habt mich gerettet!«

»Du hast uns gerettet, Lucy! Deinetwegen haben wir nie richtig aufgegeben, du warst die Einzige, die uns immer Hoffnung gemacht hat!«, sagte sie zu Lucy und sah sie an. »Wir hätten uns nicht streiten sollen. Es tut mir so leid!«, flüsterte sie.

»Mir tut es auch leid, das hätte ich nicht von euch verlangen sollen. Natürlich hattet ihr Angst, ich habe zu viel von euch erwartet ... aber ihr seid trotzdem gekommen.«

»Natürlich sind wir gekommen. Erinnerst du dich nicht mehr? Wir haben geschworen, dass wir herausfinden, was mit Nick passiert ist, und das um jeden Preis. Wir würden niemals einen Schwur brechen, Lucy. Niemals.«

Epilog

Der Schatten der Bäume fiel auf den glänzenden Stein, während um sie herum die Vögel sangen. Man hörte einige Krähen, wie es sich an diesem Ort aber auch gehörte. Viel mehr wirkte die Atmosphäre jedoch ruhig und harmonisch. In der Nähe war ein Bach zu hören, der stetig vor sich hinfloss und der, berührt vom Sonnenlicht, glänzte. Würden hier nicht weitere Dutzende Grabsteine stehen, könnte dieser Ort glatt freundlich wirken. Frieden war hier allemal eingekehrt.

Ein ungelöstes Verbrechen verdient es, das Licht der Gegenwart zu erblicken und gefunden zu werden. Bei viel zu vielen Opfern gerät es in Vergessenheit. Entweder, weil sich niemand bemüht oder, weil es zu gut verdeckt wurde. Manchmal wird einem auch kein Glauben geschenkt und wichtige Hinweise werden übersehen. Daher sollten alle Bemühen erfolgen, um die Wahrheit ans Licht zu bringen.

Dieses Mal hatte es keinen Zweifel gegeben. Vor allem, als Jason alles im Verhör zugegeben hatte und die Schuld auf seinen älteren Bruder schob. Trotzdem würde auch er seine Strafe bekommen, da er zu jeder Zeit zur Polizei hätte gehen können. Lucy hatte gehört, ein Psychologe hatte bei ihm, eine psychologische Behandlung angeordnet. Sein Verfahren würde jedoch noch einmal getrennt im Jugendgericht verhandelt werden, da er erst 16 war.

Da sah es bei seinem Bruder James anders aus. Wegen unzähliger Straftaten würde er nun wahrscheinlich den Rest seines Lebens hinter Gittern verbringen.

Endlich hatte man ihnen geglaubt, auch wenn es schon zu spät gewesen war. Vielleicht hatten sie Nick nicht mehr lebend retten können, aber immerhin war nun die Wahrheit ans Licht gekommen und das war alles, was zählte. Jedoch konnte es nichts an der Tatsache ändern, dass sie immer noch fassungslos war, weil Jason sie so hintergangen hatte. Aber immerhin wusste sie nun, wer ihre wahren Freunde waren. In Zukunft würde sie sich nicht mehr so naiv verhalten.

»Es ist so schrecklich, dass wir ihn nicht mehr lebend retten konnten«, unterbrach Kathrin schließlich die Stille.

»Immerhin haben wir das Verbrechen aufgeklärt. Wir haben unseren Schwur nicht gebrochen und herausgefunden, was mit ihm passiert ist. Das war das Mindeste, das wir tun konnten«, antwortete Lucy.

»Du hast recht«, stimmte ihr Nathan zu und die anderen nickten ebenfalls zustimmend.

»Wisst ihr ... ich hätte echt nicht gedacht, dass ich das irgendwann sagen würde, aber jetzt, wo alles vorbei ist, bin ich zwar froh, dass wir es geschafft haben, aber andererseits fehlt mir auch etwas«, sagte Liam zögerlich.

»Ja, aber irgendwie bin ich auch stolz, dass wir doch nicht aufgegeben haben. Also ich würde es jedes Mal wieder tun, und ihr?«, fragte Olivia in die Runde.

Sie alle sahen sich wissend an. Dann blickte Lucy zum Grabstein, hinweg über den ruhigen Friedhof und dann zum wolkenlosen Himmel. Es war einer der letzten sonnigen Herbsttage, der erste November und dieser brachte ein ruhiges Gefühl mit sich. Sie sah wie sich ein Vogel, welcher vorher an dem Grab gesessen hatte, in die Luft erhob. Und mit ihm flog auch all die Last von Lucys Schultern weg. Tief in ihrem Inneren wusste Lucy, dass sie das Richtige getan hatten. Sie hatte ihre Hoffnung niemals verloren. Es wirkte fast schon wie ein stilles Versprechen, als sie sich alle bei den Händen fassten und Lucy für sie alle antwortete: »Jederzeit.«

Anmerkungen

Die fiktive Geschichte soll niemanden zu Selbstjustiz oder zu Straftaten animieren. Der Ort des Geschehens wurde gänzlich an die Handlungen angepasst und dementsprechend verändert. Die handelnden Figuren sind fiktiv und nicht mit der Realität zu vergleichen. Jegliche Ähnlichkeiten zur realen Welt sind zufällig und nicht beabsichtigt.

Beabsichtigt ist unter anderem die Intention, ungelösten Verbrechen mehr Aufmerksamkeit zu schenken.

Wenn Sie bis hier her gelesen haben, danke ich Ihnen herzlich, meinem ersten, veröffentlichten Buch eine Chance gegeben zu haben.

Alexa Klan

Interesse geweckt?

Ein weiterer Kurzroman der Autorin:

Der Spind, der Hüter (2022)

Im Tagebuch eines trauernden Mädchens findet sie eine Liste mit den Namen der Schüler, die nacheinander sterben.

Das Schuljahr fängt für die 15-jährige Christel Garb an, als sie den letzten, zerbeulten Spind vermietet bekommt. Durch ein Versteck fällt ihr ein geheimes Tagebuch in die Hände. Die emotionale Verfasserin Liane Hertz ist zwar nicht mehr auf der Schule, aber führt das Buch regelmäßig mit seltsamer werdenden Einträgen weiter, die Christel anregen, nachzuforschen. Es finden sich Nachrichten an ihren Geliebten, in denen sie ihre Rache an den Leuten, welche die Schuld an dessen Verlust tragen sollen, ankündigt. Zeitgleich kommen Schüler, die in Verbindung zueinanderstehen, auf mysteriöse Weisen zu Tode. Als Christel die Liste der Toten und die Wahrheit hinter dem Rachewunsch entdeckt, sieht sie sich gezwungen, zu handeln. Schafft sie es, ihre Angst vor dem Versagen zu überwinden und einzugreifen, bevor weitere Schüler sterben?